Deseo

Alma solitaria

Sandy Steen

Editado por HARLEQUIN IBÉRICA, S.A.
Hermosilla, 21
28001 Madrid

ALMA SOLITARIA, Nº 1532 - 11.7.07
Título original: The Lone Wolf
Publicada originalmente por Harlequin Enterprises, Ltd.

I.S.B.N.: 978-84-671-5279-1
Depósito legal: B-25998-2007
Editor responsable: Luis Pugni
Composición: M.T. Color & Diseño, S.L.
C/. Colquide, 6 portal 2 - 3° H, 28230 Las Rozas (Madrid)
Fotomecánica: PREIMPRESIÓN 2000
C/. Algorta, 33. 28019 Madrid
Impresión y encuadernación: LITOGRAFÍA ROSÉS, S.A.
C/. Energía, 11. 08850 Gavá (Barcelona)
Fecha impresion para Argentina: 7.1.08
Distribuidor exclusivo para España: LOGISTA
Distribuidor para México: CODIPLYRSA
Distribuidores para Argentina: interior, BERTRAN, S.A.C. Vélez Sársfield, 1950. Cap. Fed./ Buenos Aires y Gran Buenos Aires, VACCARO SÁNCHEZ y Cía, S.A.
Distribuidor para Chile: DISTRIBUIDORA ALFA, S.A.

Capítulo Uno

De no haber sido porque aquel hombre era su mejor amigo, a Reese le hubiera encantado darle un puñetazo en la nariz a Cade McBride. Y por el simple motivo de que él tenía todo lo que Reese deseaba: una esposa adorable, un bebé en camino y mucha felicidad.

Reese sabía que no era culpa de Cade que él estuviera solo y que anhelara estar con una mujer. Si acaso, la culpa era de su incapacidad para conformarse con alguien que no fuera la mujer de sus sueños. Una mujer como Belle, la esposa de Cade. Una mujer valiente, amable, inteligente y sabia. La mujer perfecta. Pero empezaba a pensar que su amigo se había quedado con la última.

La pareja en cuestión estaba despidiéndose un poco más allá de donde él estaba. Se besaban como si no fueran a verse en mucho tiempo y no al cabo de una hora, que era lo que Belle tardaría en regresar del médico. Reese los observaba frente a la oficina de Farentino Ranch, como si fuera un lobo hambriento al final de un duro invierno. Aunque odiara admitirlo, la verdad era que envidiaba a Cade McBride.

Por fin, Belle se subió en su coche y se marchó. Cade se dirigió hacia la oficina con la sonrisa más ridícula que Reese había visto nunca. Estaba celoso.

Cade se detuvo al ver cómo lo miraba su amigo.

–¿Qué pasa contigo?

–Nada.

–¿No? Pues por cómo frunces el ceño no diría lo mismo. ¿Hay algún problema en la bodega?

Reese negó con la cabeza.

–¿No es tu día libre?

–Sí.

–Entonces, ¿qué diablos haces por aquí?

–Vine a ver si necesitabas una mano. Solía ganarme la vida con esto, ¿recuerdas?

–Oh, lo recuerdo. Sólo que me cuesta imaginar por qué vienes a buscar trabajo cuando no lo necesitas.

Reese se encogió de hombros.

–Prefiero estar ocupado.

–Matando el tiempo, ¿eh?

–Sí.

–Entonces, o estás loco, aburrido, o cachondo. Y puesto que te conozco desde hace muchos años y he pasado mucho tiempo haciendo rodeo contigo, puedo decir que estás tan sano como cualquiera. Y que la palabra aburrimiento no entra en tu vocabulario. Así que, sólo queda...

–Calla.

Cade se recolocó el sombrero y sonrió.

–He dado en el clavo, ¿no es así?

–Escucha...

–Me parece que esta conversación ya la hemos tenido y sigo diciendo que eres demasiado exigente.

–Selectivo.

–Es lo mismo si la consecuencia es quedarse en casa, solo, un sábado por la noche, pero...

–Busco algo más que una aventura de una noche. Y si lo recuerdo bien, tú también eras muy exigente.

¿Cuántos años estuviste detrás de Belle antes de que te pidiera que te casaras con ella?

–Tres, pero no estamos hablando de mí, y tú también tienes un par de fallos.

–¿Por ejemplo?

–Reese, eres mi mejor amigo desde el colegio pero, si te soy sincero, eres un dinosaurio.

–¿Qué diablos significa eso?

–Estás chapado a la antigua. Sigues pensando en que la mujer debe quedarse en casa y cuidar de los niños.

–¿Y qué hay de malo en considerar que cuidar de los niños es una carrera profesional? Probablemente sea el trabajo más duro del mundo.

–Estoy de acuerdo, pero las mujeres de hoy en día quieren elegir por sí mismas, y la mayoría preferirían tener una familia y una profesión. Tu problema es que has pasado demasiado tiempo con admiradoras del rodeo.

–Te diré que la mayoría del tiempo tú estabas a mi lado.

–Sí, bueno, eso pertenece al pasado, y no lo echo de menos.

–¿Y es eso? ¿Ése es mi mayor defecto?

Cade se aclaró la garganta.

–Ése, y quizá algún otro.

Reese se cruzó de brazos.

–Continúa.

–A lo mejor es por tu pasado. El Señor sabe que, durante los años, has estado implicado en muchas broncas a causa de tu descendencia cherokee. Pero aun así, no has cambiado de opinión.

–¿Igual que tú?

–No. Tú y yo nos parecemos mucho en eso. De

hecho, yo estallo más rápido que tú. Pero tú eres más estirado, solitario, y el chico más cabezota que he conocido nunca. Y a veces llevas demasiado lejos esa actitud. Algo que no te será útil con las mujeres. Todos esos años sin tener que preocuparme de nadie más que de mí mismo no me ayudaron a la hora de adaptarme a vivir con Belle –Cade sonrió–. Por supuesto, mereció la pena el esfuerzo.

–Estupendo, tienes lo que quieres, así que ¿eres el experto en encontrar una buena mujer?

–Lo único que digo es que tienes que dar un poco para conseguir algo, si realmente estás interesado en tener una relación. Y no hace falta ser un experto para saber que nunca encontrarás una buena mujer si no la vas buscando.

–La he buscado.

–¿Me estás diciendo que no hay una sola mujer en todo Sweetwater Springs, en Texas, que te interese?

Reese miró fijamente a su amigo.

–Es una ciudad pequeña.

–¿Y qué hay de Lubbock? Sólo está a siete millas de aquí. ¿O es que te opones a estar con una mujer que sea de fuera?

–Eres la monda, McBride.

–Porque si estás interesado en alguien de fuera, la amiga de Belle llegará de Austin dentro de un par de meses.

–¿La genio de los negocios, Alexandra no sé qué?

–Shea Alexander. Sólo he visto una foto de ella de cuando iba a la universidad con Belle, pero tiene una buena…

–Personalidad. ¿Dónde he oído eso antes? No, gracias. Encontraré a mi propia mujer.

–Silueta.

–¿Qué?

–Tiene un cuerpo estupendo. Incluso Belle lo dice. Y ya sabes que cuando una mujer hace un cumplido así sobre otra mujer…

Reese suspiró.

–Ya te he dicho que busco algo más. Eres mejor capataz que consejero. Si quisiera un consejo…

–Está bien, está bien –Cade levantó las manos a modo de rendición–. Vamos a ver la agenda de trabajo para buscarte alguno que sea muy físico.

Una vez dentro de la oficina, Cade se apoyó en la mesa de Dorothy Fielding, la secretaria de Farentino Ranch, y miró la agenda de trabajo de las dos semanas siguientes.

–Estamos arreglando las vallas de la zona noroeste y construyendo cuatro techados nuevos. ¿Qué te parece? ¿Quieres descargar tus frustraciones de esa manera?

–Me parece estupendo.

–Muy bien. De hecho, voy a cambiarme de ropa y te acompaño –Cade dejó la carpeta sobre la mesa y agarró una revista–. Mira, aquí está la solución a tu problema.

–¿Qué?

Le dio el ejemplar de *Texas Men* a Reese.

–Me encanta meterme con Dorothy por esto, diciéndole que se le cae la baba al leerlas. Siempre la compra.

–¿De qué estás hablando?

–Es un catálogo de estupendos. Los hombres envían su foto y sus medidas. Las mujeres eligen al que les gusta y le escriben.

Reese agarró la revista y la hojeó.

–¿Buscan novia?

–O esposa.

Reese le devolvió la revista a su amigo.

–Habla en serio.

–Lo digo muy en serio. Y si uno es demasiado tímido o feo para enviar una foto, tiene una sección de contactos personales al final. Una especie de cita a ciegas por correo electrónico.

–¿Y cómo sabes tanto acerca de esta revista?

–Ya te lo he dicho. Dorothy siempre la compra. No lo admite, pero estoy seguro de que participa.

–Nunca podría hacer una cosa así. Para eso me pongo un cartel con mi número de teléfono y me paseo por Main Street.

Cade dejó la revista sobre la mesa.

–Eres un hombre difícil de satisfacer –sonrió, y se alejó de él antes de añadir–: Pensándolo bien, probablemente por eso estás en este aprieto.

–Hijo de...

–¿Es ésa la manera de dirigirse a un amigo? –Cade corrió hacia la puerta.

–Pagarás por ello –lo dijo Reese con una sonrisa. Y se dirigió a los establos.

Había borrado de su mente la idea de anunciarse en busca de una mujer hasta que Cade y él salieron del establo horas más tarde. De camino a su cabaña vio cómo Belle salía a recibir a su amigo en la casa principal. La mujer lo abrazó sin importarle que estuviera sudado y lleno de polvo. Y se besaron de una manera que a Reese se le aceleró el corazón al verlos. Quizá pedía demasiado. Porque eso era lo que él quería, una mujer que lo besara de esa manera durante el resto de su vida.

Se quitó el sombrero, se secó el sudor de la frente con el antebrazo y miró hacia la oficina.

–¡Qué diablos! –murmuró, y se dirigió hacia allí.

Quince minutos más tarde, ya en su cabaña, abrió una cerveza, se sentó en el sofá, puso las botas polvorientas sobre la mesa de café y comenzó a leer.

No tardó mucho en darse cuenta de que *Texas Men* era una revista seria. La editorial hacía un buen trabajo a la hora de elegir las fotos y las entrevistas y también había diseñado un plan de seguridad para evitar que algún interesado consiguiera los nombres y las direcciones sin permiso del anunciante. Toda la correspondencia se enviaba a la revista y ellos la reenviaban, sin abrir, a los respectivos anunciantes. También ofrecían pistas acerca de cómo empezar a cartearse y de cómo manejar el correo no deseado. Por supuesto, Reese sólo estaba interesado en la sección de contactos personales, y puesto que era fácil que lo relacionaran con la bodega, no emplearía su nombre de verdad.

¿Emplearía?

Hasta ese momento no se había dado cuenta de que estaba dispuesto a contactar con la revista. Lo bueno de la sección de contactos personales era que no necesitaba enviar una foto, y no mostraría que tenía sangre indígena.

No era que no estuviera orgulloso de ser cherokee. Lo estaba. Pero reconocía que eso le había causado problemas durante muchos años. Por desgracia, no todo el mundo estaba libre de prejuicios.

Ni siquiera su propia madre.

Ella había pensado que amar a un hombre cherokee era algo excitante. Era lo más atrevido que había hecho nunca y, desde luego, fue un shock para la adinerada familia Baltimore. Pero ella nunca se había detenido a pensar lo que significaba tener un hijo mestizo. Una tarde, llevó a Reese a la casa de un vecino, se despidió de él con un beso y se marchó. Él albergó ese dolor durante mucho tiempo. Sólo consiguió superarlo cuando conoció a Caesar Farentino y descubrió su amor por la fabricación del vino. Pero todavía se sentía incapaz de confiar en una mujer.

En realidad, no tardó mucho en decidir si el motivo de no enviar la foto era protegerse él o proteger a la bodega. Él estaba contento de ser quien era, y no le importaba lo que la gente pudiera pensar. Pero Cade, Belle y la fama de la bodega eran otro tema.

Agarró un lápiz y un papel que había sobre la mesa y empezó a pensar. Contaría casi toda la verdad, que vivía y trabajaba en un rancho, que había hecho rodeo en el pasado y que quería encontrar a una mujer buena con la que asentarse.

Dispuesto a escribir, se quedó mirando el papel en blanco. Nunca había hecho algo parecido y no le importaba admitir que le daba cierto reparo. ¿Y si recibía cartas de un montón de solteronas? ¿O de mujeres casadas en busca de una aventura?

O peor aún. ¿Y si no recibía ninguna carta?

–Esto es una locura. Deberías ir a que te vieran la cabeza –se dijo a sí mismo, mientras leía las condiciones de participación y se percataba de cuándo terminaba el plazo. Si enviaba la carta al día siguiente, conseguiría participar. Quizá fuera una locura, pero estaba harto de ser un lobo solitario.

Quería encontrar pareja.

Reese se bebió de un trago la mitad de la cerveza y miró la revista. ¿Y por qué no? ¿Qué podía perder? Sólo era una carta. ¿Qué problemas podía causarle escribir una carta?

Deseaba encontrar a una mujer con la que compartir su vida. Y no le importaba cómo encontrarla. Reese comenzó a escribir.

«Chico serio», escribió en la primera línea.

Austin, Texas, tres semanas más tarde

Shea Alexander estaba en la sala de espera del dentista. Llevaba allí más de media hora y se preguntaba cuánto tardarían en atenderla. Era evidente que el doctor Harrington se había puesto de moda porque tenía la consulta llena.

Aburrida, agarró una revista de la mesa. Se sorprendió al ver a su dentista en la portada de *Texas Men.*

¡El hombre llevaba el torso desnudo y un sombrero de vaquero!

Muerta de curiosidad, abrió la revista y buscó el artículo acerca de David Harrington. Después de leer sus medidas corporales y los comentarios sobre su floreciente negocio, comprendió por qué su sala de espera estaba llena de mujeres sonrientes. Todas tenían entre veinte y treinta años e iban vestidas de forma provocativa. «Ridículo», pensó ella. Era tan evidente que resultaba vergonzoso. Shea se sentía disgustada con su propio género. Y llegaría tarde a una importante reunión. No le quedaba más remedio que cambiar la cita. Se levantó y se dirigió hacia la recepción.

–Perdone –le dijo a la recepcionista. Al ver que no la atendían, enrolló la revista y la golpeó contra la palma de su mano–. Perdone –repitió–. Por favor, dígale al doctor Harrington que tengo una reunión y que llamaré para pedir otra cita.

Shea no se percató de que llevaba el ejemplar de *Texas Men* en la mano hasta que llegó al coche. Pensó en devolverla y decidió que no le daba tiempo, así que, la guardó en el maletín de cuero donde llevaba los documentos de la reunión. Una reunión que duró mucho más de lo que esperaba.

Shea entró en su casa cuatro horas más tarde. Estaba agotada y le dolían los pies. Dejó el maletín sobre el sofá y se sentó. Al instante, sonó el teléfono.

–Oh, no –se quejó–. Seas quien seas, déjame –después de que sonara cuatro veces, contestó–. Si vas a venderme algo, olvídalo.

–¿Shea?

–Belle –sonrió Shea al oír la voz de su amiga–. ¿Cómo estás?

–Gorda. Me quedan seis semanas y ya estoy enorme.

–Lo dudo.

–En serio. Apenas puedo levantarme de la silla sin ayuda.

–Estoy segura de que Cade está encantado de ayudarte.

–Es maravilloso. Te darás cuenta enseguida. Por eso te llamo. Quería asegurarme de que no hay nada que te impida venir a sustituirme.

–No, y no lo habrá. Tengo un proyecto nuevo entre manos, pero no empezaré con él hasta dentro de tres meses, así que nuestro plan sigue en pie.

–Eres mi salvación.

Shea podía haber dicho lo mismo acerca de su única amiga de verdad. Belle Farentino McBride había sido la única persona con la que había tenido una relación sincera en toda su vida.

–Me alegro de poder ayudarte, sobre todo después de no haber asistido a tu boda. Bueno, a tus bodas.

–La primera fue apresurada, y la segunda, bueno, no fue culpa tuya que el vuelo de Hong Kong tuviera que quedarse en Londres a causa de la niebla.

–Lo sé, pero ¿qué clase de persona se pierde la boda de su mejor amiga?

–No seas tonta. Cuando vengas veremos el video y lloraremos en los momentos importantes –Belle hizo una pausa, y preguntó–: ¿Estás bien?

–Claro. ¿Por qué lo preguntas?

–No sé, parecías... decaída.

–No. Sólo cansada –era mentira, pero a Shea no le apetecía hablar del sentimiento de inquietud que albergaba desde hacía semanas y que achacaba al ritmo de trabajo que llevaba–. Cuéntame, ¿ya has comprado todo lo que hay en las tiendas para bebés de la zona?

Belle se rió.

–No me ha hecho falta. Cade no puede pasar por delante de una tienda sin comprar algo. Y puesto que hemos decidido hacerlo a la antigua usanza y no queremos saber el sexo del bebé hasta que nazca, la criatura ya tiene sombrero de vaquero y una muñeca Barbie.

–Tenéis cubiertos todos los aspectos, ¿eh?

–Cade está descontrolado. Lo he amenazado con quitarle la chequera, pero cada vez que lo hago aparece con una gran sonrisa y un peluche en la mano.

–Confiemos en que esté igual de ilusionado después de la toma de las tres de la madrugada.

–¿Bromeas? Se ha leído todos los libros sobre cuidados del bebé que caen en sus manos. Si ya está obsesionado, no puedo imaginar cómo será cuando nazca la criatura.

Shea se preguntaba si Belle era consciente de lo afortunada que era.

–Estoy segura de que todo se tranquilizará cuando nazca el bebé. Hablo como si supiera de estas cosas. Creo que no he tenido a un bebé en brazos más que un par de veces en toda mi vida.

–Ya aprenderás cuando te toque.

–Si es que me toca –murmuró Shea.

–¿Qué?

–Estoy segura de que aprenderé. Escucha, odio tener que dejarte, pero tengo que preparar unos informes para mañana.

–De acuerdo. Cuídate, y nos vemos dentro de unas semanas.

–Tú también.

Shea colgó el teléfono y lo miró durante unos segundos. Ya sabía cuál era el motivo de su inquietud.

La soledad.

Al oír a Belle hablar de su marido y de la criatura que esperaban, ella sintió una dolorosa soledad. Y envidia. Quería a Belle como si fuera la hermana que nunca había tenido y deseaba que fuera feliz, pero...

Envidiaba su felicidad. Que tuviera marido. Y que esperara un bebé.

¿Cuándo le tocaría a ella?

«Para embarazarse, una debe estar en el escaparate. Y donde tú estás, la posibilidad de cruzarte con el hombre de tu vida es cada vez más pequeña».

Recordaba vagamente cuándo había sido la última vez que había salido con un chico. Técnicamente, no era virgen, pero se sentía como si lo fuera. Normalmente, atraía a los hombres, pero por un sencillo motivo: su cuerpo. Aunque no se dedicaba a ir al gimnasio para cultivarlo, sino que era una cuestión genética. Pero ella no quería a un hombre que sólo estuviera interesado en su cuerpo. El hombre que ella quería tener a su lado debía estar interesado en su intelecto y en su personalidad...

–¿A quién quieres engañar? Eres lo bastante lista como para reconocer la verdad cuando la tienes delante.

Y cuando Shea se miraba al espejo, no veía belleza. Veía una piel saludable, unos ojos claros y un cabello manejable. Sabía que tenía un buen intelecto y que eso era lo que había hecho que aprendiera a sobrevivir en el mundo masculino de los negocios. No sólo por su talento y su iniciativa, sino también porque había aprendido a ocultar su vulnerabilidad. Tratando de no deprimirse más, abrió el maletín.

–Nunca permites que un hombre se acerque lo suficiente como para apreciar tu mente brillante porque eres una inútil a la hora de mantener una conversación que no trate sobre inversiones o la tendencia del mercado –se amonestó.

Solía poner su trabajo como excusa cuando se trataba de considerarse una inepta al tratar con los hombres. Pero el hecho de que lo admitiera no significaba que le resultara fácil cambiarlo.

–Necesito adquirir experiencia en besos y un seminario sobre sexo, además de un curso avanzado de...

Sacó un informe del maletín y, junto a él, apareció el ejemplar de *Texas Men* que se había llevado de la consulta del dentista. Dejó el informe a un lado y abrió la revista. Al menos podría fantasear. Y eso es lo que hizo. Pero al final, soñar despierta le provocó un sabor amargo en la boca y un gran vacío en el corazón.

–Hombres. Tengo una revista llena de hombres y ¿de qué me sirve?

Todas las páginas estaban llenas de hombres estupendos o, al menos, atractivos. Todos tenían cuerpos fantásticos, ojos bonitos y sonrisas sexys.

–Un montón de mujeres más valientes que yo van a seguir una serie de reglas para terminar con un marido o, por lo menos, para disfrutar de una relación ardiente –se dijo al leer las normas de participación. Todo estaba pensado para asegurar que el procedimiento permitiera mantener en el anonimato a aquéllos que lo desearan.

Shea se percató de que aquélla podía ser la manera de educarse en las artes de la seducción. Una manera controlada, a larga distancia y de bajo riesgo. ¿Cómo no se le había ocurrido antes? Aquello le ofrecía la posibilidad de mejorar su talento con los hombres sin tener que soportar los largos silencios y las conversaciones banales.

Continuó pasando páginas y contemplando las fotos de los hombres sonrientes, de entre veinte y cincuenta años de edad. Agarró el ordenador portátil y comenzó a escribir lo que buscaba en un hombre.

¿Edad? Treinta y tantos años me parece bien.

¿Ocupación? Opcional.

¿Deportista? No un loco del deporte, pero en forma.

¿Aficiones e intereses? Todo menos las finanzas.

¿Pasado? Una familia numerosa estaría bien. Odiaba ser hija única.

¿Educación? Preferiblemente, universitario, pero no es imprescindible.

***

Era curioso pero, hasta entonces, no había pensado demasiado sobre el tipo de hombre que quería a su lado. Releyendo las notas, se dio cuenta de que no era un perfil tan preciso como habría imaginado. Quizá porque tenía muy poca experiencia con los hombres.

–Una situación que estoy dispuesta a remediar –dijo, mirando la foto de un abogado de Houston que quería encontrar a una mujer que le gustara esquiar–. Lo siento, amigo –añadió, y pasó la página.

Escogió a cuatro hombres de la primera sección de la revista y pasó a la sección de contactos personales. Tras leer varias páginas, se fijó en un anuncio interesante.

«Chico serio», decía la primera línea.

Tengo treinta y cuatro años, soy sincero, razonablemente ambicioso y con sólo unos pocos malos hábitos. Vivo en un rancho en Panhandle y me gusta trabajar en el exterior. Busco a una mujer con coraje, de carácter amable, sabia e inteligente. Una mujer que le dé importancia a los valores familiares y que disfrute de los pequeños placeres como ver la puesta de sol.

Quizá el hecho de que reconociera tener malos hábitos fue lo que llamó la atención de Shea. O quizá lo de la puesta de sol. Fuera cual fuera el motivo, aquel parecía un chico normal y agradable. Shea decidió aumentar su selección y añadió al señor Serio, con referencia 2138, en su lista. Había llegado el momento de escribir su carta.

Shea descubrió que escribir sobre sí misma no sólo era desagradable, sino aburrido. Además, no estaba contenta con ser Shea Alexander, una genio de las finanzas.

¿Y quién quería ser?

Sin dudarlo, se dejó llevar por una fantasía que había tenido desde la adolescencia. Una lista de deseos entre los que se incluían ser una estudiante de universidad que terminara trabajando como profesora en una guardería.

Una vida corriente, pero por la que Shea cambiaría su vida en menos de un instante. Sobre todo, si el hombre adecuado se incluyera en el paquete. Cuando terminó de escribir la carta, trató de decidir si debía o no emplear su verdadero nombre.

Shea sonrió.

–¿Y por qué no voy a por todas? –se preguntó en voz alta, y firmó con el nombre que siempre había deseado tener.

Natalie. Imprimió cinco cartas y las metió en unos sobres anotando el número de referencia. Después, metió los sobres en otro más grande y escribió la dirección postal de la revista. Pegó los sellos, agarró el bolso y las llaves de casa y se dirigió al buzón que estaba en la urbanización. Rápidamente, metió el sobre en la ranura y se retiró del buzón.

Para bien o para mal, ya no tenía vuelta atrás.

Capítulo Dos

–Mira, Lookie Gonder –dijo Alvin Delworthy, señalando hacia la oficina de correos.

–¿Dónde? –Smitty Lewis se incorporó del banco donde, junto a Alvin y el viejo Walt, pasaban las horas en la plaza de Sweetwater Springs. ¿Hacia dónde señalabas?

–Hacia allí. Saliendo de correos.

El viejo Walt levantó la vista y continuó con la talla que estaba haciendo.

–Estás senil, Alvin. Todo el mundo sabe que ése es Reese Barret.

–Bueno –dijo Alvin–. Me pregunto lo que lleva en el sobre que tiene en la mano.

–Supongo que será correo, ¿no crees? –dijo Smitty.

El viejo Walt dejó de tallar y miró a Alvin:

–Últimamente te juntas demasiado con Peral Dorsey, y puesto que ella es el jefe de la oficia de correos…

–Jefa. La jefa de correos. Tienes que actualizarte, Walt.

El viejo Walt señaló a su amigo con el dedo.

–Sabes algo que no nos estás contando, estoy seguro.

–Puede que sí. Puede que no.

–¿Qué sabes? –preguntó Smitty–. ¿Algo picante?

–Lo único que sé cs que, el mes pasado, Reese alquiló un apartado de correos y que viene una vez a la semana a recoger su correspondencia.

–¿Y me pregunto qué le enviarán en un sobre como ése? Seguro que está suscrito a una revista de chicas.

–No estoy seguro, pero desde luego es curioso que ahora reciba las cartas en el apartado cuando, durante años, las ha recibido en la bodega.

Los tres hombres se miraron y asintieron.

El viejo Walt dejó a un lado la madera de cerezo que estaba tallando, se puso en pie y cruzó la calle. Los otros dos lo siguieron.

–¡Eh! Reese –gritó.

Reese se detuvo y saludó a los tres con la cabeza–. ¿Cómo estáis?

–No nos quejamos.

Alvin miró el sobre que Reese llevaba bajo el brazo.

–Vienes de correos, ¿no?

–Sí. Una vez que pides un catálogo de algo, te meten en la lista y empiezan a enviarte docenas.

–Lo sé –el viejo Walt volvió la cabeza para ver si podía ver el sobre mejor.

–Llevas las botas muy limpias y una camisa nueva. Estás muy elegante. ¿Adónde te diriges esta mañana? –preguntó Smitty.

–Tengo que ir a Lubbock a recoger a una amiga de Belle. Nos va a ayudar en la bodega cuando Belle tenga el bebé.

–Supongo que será dentro de nada –dijo el viejo Walt.

Smitty sonrió.

–Maldita sea. Seguro que Cade tiene los nervios de punta.

–Por no decir otra cosa. Bueno, me gustaría poder estar más rato con vosotros, pero tengo que irme. Nos vemos –se marchó sin darles tiempo a hacerle más preguntas.

Alvin miró al viejo Walt.

–¿Has visto de quién era?

–No. No he visto ningún nombre en el remite.

–¿Qué crees que puede ser? –preguntó Smitty.

–No lo sé –el viejo Walt se frotó la barbilla–. Pero lo descubriremos tarde o temprano, estoy seguro.

Cuarenta y cinco minutos más tarde, Reese estaba paseando de un lado a otro del aeropuerto de Lubbock. El avión llegaba tarde y estaba disgustado. En realidad, el motivo de su disgusto era producto de la incertidumbre. Nunca había conocido a un genio, y mucho menos a un genio femenino. Cade estaba en lo cierto cuando le dijo que había pasado demasiado tiempo con admiradoras del rodeo. No era que creyera que no podría estar a la altura de la superinteligente Alexander. Quizá hubiera tardado seis años en obtener el título de licenciado, pero a pesar de haberlo hecho a distancia y estudiando por las noches, lo había conseguido con muy buenas notas. No, su mayor preocupación era cómo se llevaría con aquella mujer. Después de todo, tendrían que trabajar juntos hasta que Belle pudiera reincorporarse en la bodega. A pesar de que los productos Farentino se distribuían en más de treinta estados y en seis países europeos, la empresa y sus menos de cincuenta empleados funcionaban como una gran familia, y Shea Alexander podía no encajar bien. Sólo el tiempo lo diría.

Reese agarró un periódico que alguien había dejado en el asiento de al lado y miró la portada. No quería leerlo. Lo que quería releer era la carta que llevaba en el bolsillo de su camisa.

La cuarta carta de Natalie.

Cuando redactó el anuncio para la revista *Texas Men*, no sabía con qué se iba a encontrar. En el primer envío, recibió más de cuarenta cartas, pero no le costó mucho diferenciar entre las que sólo buscaban una aventura y las que buscaban una relación seria. Después, leyó la carta de Natalie y perdió interés en el resto.

Dos meses antes no habría imaginado que podría sentirse así respecto a una mujer que nunca había visto. Pero Natalie era un sueño hecho realidad. Dulce, cariñosa y de carácter alegre, había cautivado su corazón con la primera carta. Tanto así que él estaba pensando si darle su verdadero nombre y dirección. No comprendía la conexión que sentía con ella. Ni la sensación de que ella era tal y como se presentaba en sus cartas. Reese se tocó el bolsillo de la camisa, tentado a sacar la carta para leerla por tercera vez, pero cambió de opinión. El avión podía llegar en cualquier momento, Además, prefería estar a solas cuando leía las cartas de Natalie.

En ese momento, anunciaron que el avión llegaría por la puerta tres.

Reese esperó a que salieran los pasajeros. Al final, Belle no le había dado una foto de su amiga, así que él tenía que contentarse con la imagen que se había creado de ella. Esperaba a una mujer vestida de traje y zapatos caros. Con el cabello corto y un maletín en la mano. Había dos mujeres que encajaban con esa descripción, pero sólo una de ellas era de la edad de Belle. Cuando se detuvo para hablar con un auxiliar de vuelo, él se acercó a ella y esperó a unos pasos de distancia.

Sin duda, por la manera de quejarse acerca de la respuesta que le había dado una azafata, aquélla debía ser la poderosa Alexander. Reese se cruzó de brazos y esperó a que la mujer terminara.

Shea Alexander reconoció a Reese Barrett nada más atravesar la puerta número tres. La descripción que Belle le había dado acerca de aquel hombre no le hacía justicia. No sólo era un hombre de buen ver, era... impresionante. Tenía el cuerpo bien musculado, su rostro parecía la escultura de algún artista indio americano, y transmitía fuerza y decisión. Los pantalones vaqueros que llevaba resaltaban los músculos de sus piernas, y la camisa de algodón, los de sus brazos. Era alto, llevaba el cabello un poco demasiado largo, de forma que se le ondulaba a la altura de la nuca. Quizá ella no tuviera mucha experiencia en el tema del sexo, pero reconocía lo que era sexy nada más verlo. Y a juzgar por cómo él miraba a la rubia de traje, también era consciente de su atractivo masculino. Apoyado contra una columna, con los brazos cruzados, parecía disfrutar de la vista esperando a que la mujer se fijara en él.

Alto, moreno y atractivo. No muy atractivo, pero lo suficiente. Probablemente un donjuán. El tipo de hombre que siempre la hacía actuar como una idiota. Algunas inseguridades que creía superadas comenzaron a apoderarse de ella. Desde luego, él no se parecía en nada al señor Serio, el amigo que se había hecho por correspondencia y que se había convertido en su favorito.

Shea sonrió. El señor Serio, el hombre más interesante de su experimento. Sus cartas eran lo mejor de toda la semana. Ella había aprendido más escribiéndose con él durante las últimas semanas que en todas las citas que había tenido. Era el hombre perfecto, fuerte, sincero y trabajador, pero lo mejor de todo era que quería una vida normal junto a alguien que valorara. Era tan perfecto, que ella empezaba a sentirse incómoda con la fantasía que se había creado para atraerlo.

Miró a Reese Barrett. Desde donde ella estaba, él y el señor Serio eran polos opuestos. En lo único en lo que el gerente de la bodega Farentino parecía serio era en contemplar la silueta de aquella rubia.

¿Y tendría que trabajar día a día con aquel hombre? ¿Cómo iba a hacerlo? Nunca se había sentido cómoda junto a hombres atractivos. Cada vez que trataba de sacar un tema de conversación, se le trababa la lengua...

Pero eso era antes del experimento. Con las cartas, había aprendido muchas cosas y era hora de ponerlas en práctica. Se colgó la maleta del hombro y se dirigió hacia Reese Barrett.

–Disculpe.

Reese se volvió y se encontró mirando a los ojos azules más oscuros que había visto nunca. Su dueña era una mujer menuda, rubia y que olía de manera deliciosa. Al mirarla, el resto de sus pensamientos se borraron de su mente.

Reese sabía que la estaba mirando fijamente y que, en cualquier momento se avergonzaría de ello, pero no podía evitarlo.

–Disculpe –repitió ella.

–Uy, lo siento –dio un paso atrás–. ¿Estoy en medio? –no podía pensar con normalidad. Hizo un esfuerzo para dejar de mirarla y dirigió la vista hacia donde la amiga de Belle hablaba con el auxiliar de vuelo. Se había marchado–. Maldita sea –se volvió para mirar en la zona de recogida de equipajes.

–¿Señor Barret?

Él se volvió de nuevo. ¿La rubia de ojos azules sabía su nombre?

–Usted es Reese Barret, ¿no es así?

–Sí, señorita.

Ella extendió la mano.

–Soy Shea Alexander.

–Usted es...

–¿Hay algún problema?

Sí que lo había. Aquella mujer no se parecía en nada a la que él se había imaginado. Aquella mirada podía ahogar a cualquier hombre. Y su boca sexy... Su cuerpo...

Reese sonrió.

–Por mi parte, no –agarró su maleta–. Permita que se la lleve. He aparcado en la puerta de la terminal.

–Gracias.

Una mirada. Era todo lo que había necesitado para quitarle la seguridad en sí misma. De pronto, toda la confianza que había adquirido gracias a las cartas del experimento, se había desvanecido como el rocío en un día de verano.

Una vez más, sólo podía contar con su inteligencia.

«Habla sólo de negocios. En tono agradable, pero de negocios. No pienses en cómo su mirada irradia masculinidad como si fuera una calefacción de vapor en un día de invierno. No pienses en cómo sería sentirse deseada por un hombre así». Era un gran consejo, pero no podía dejar de mirar de reojo a Reese Barrett.

¿Por qué no se lo había advertido Belle? ¿Por qué su mejor amiga no le había contado la realidad cuando sabía que se sentía muy incómoda en presencia de hombres atractivos? La respuesta era sencilla. Si Belle se lo hubiera contado, Shea habría salido huyendo como un conejito asustado. Y eso era justo lo que deseaba hacer. Pero le había hecho una promesa a Belle y no podía echarse atrás. Además, sabía que Belle apreciaba mucho a Reese y que no hacía más que alabar su trabajo y su sincera amistad. ¿De veras podía ser intimidante?

Recordó que Reese y Cade eran amigos desde hacía mucho tiempo y que habían hecho circuitos de rodeo juntos. A lo mejor eran parecidos y por eso Belle se llevaba tan bien con Reese. Ella le había dicho que su marido era un poco bribón, pero que era parte de su encanto. Quizá eso era lo que a ella le gustaba del vaquero que caminaba a su lado. Shea tenía que admitir que tenía cierto aspecto de pícaro que lo hacía tremendamente atractivo.

Nada más verlo, se había apoderado de ella una fuerte sensación de deseo. Y era una sensación placentera…

No. No podía pensar así. Tenía que centrarse en los negocios. ¿Qué otra opción le quedaba? No se le daba bien el coqueteo. Decidió hablar lo menos posible para evitar correr el riesgo de quedar como una idiota el primer día.

Caminaron hasta la camioneta de Reese.

–No, esto lo llevo conmigo –dijo ella, cuando él se disponía a guardar su ordenador portátil en la caja exterior, con el resto del equipaje.

Reese se encogió de hombros, la ayudó a subir y se encaminó hacia Sweetwater Springs.

Al cabo de unos minutos de silencio, Reese se fijó en que quedaba mucho asiento libre entre ambos, y dijo:

–Puede dejar el maletín en el asiento, si está incómoda llevándolo en el regazo.

–Oh, está bien, señor Barret, yo...

–Llámame Reese.

–Muy bien... Reese –sonrió, y experimentó la misma sensación que la primera vez que lo vio. Pero mucho más intensa. Dentro de la camioneta, el ambiente era denso y le costaba respirar. Se desabrochó la chaqueta y preguntó–: ¿Queda mucho para el rancho?

–No mucho. ¿Es la primera vez que vienes?

–Sí.

–Quizá te resulte un poco aburrido en comparación con la vida ajetreada de Austin.

–No... Lo dudo.

Mirándola de reojo, Reese vio que estaba jugueteando con la correa del maletín. Estaba nerviosa, y él tenía la sensación de que tenía algo que ver con ello. ¿Por qué una mujer elegante, bella e inteligente como Shea Alexander iba a ponerse nerviosa por culpa de un vaquero andrajoso? En esos momentos, ella respiró hondo y provocó que él se fijara en el movimiento de sus senos. Quizá fuera una genio, pero también era una mujer.

¿Pero qué hacía fijándose en Shea Alexander cuando diez minutos antes no podía esperar para releer la carta de Natalie? Debería sentirse avergonzado. Aun así, pensó mirando a Shea, era difícil que no se le cayera la baba.

No, no permitiría que sus hormonas interfirieran en una relación de trabajo que duraría durante, al menos, seis semanas. Se lo debía a Belle.

Miró a Shea Alexander una vez más y supo que no le resultaría fácil.

–Bueno, ¿y qué opinas?

–¿De qué?

–De Shea –dijo Cade–. ¿Qué piensas de ella?

Acababan de comer los cuatro juntos y Cade y Reese estaban en el jardín esperando a que salieran ellas.

Reese se encogió de hombros.

–Está bien.

–¿Bien? Es despampanante. ¿Y has oído cuál es su coeficiente intelectual?

¿Que si lo había oído? Había estado a punto de mancharse la camisa de salsa cuando Cade le preguntó a Shea si le importaba contarle a Reese cuál era su coeficiente intelectual. Ella había dicho un número muy alto, como si estuviera diciéndole qué hora era. Y cuando él le preguntó si sabía algo de la parte práctica de la producción de vino, ella le enumeró una lista de los libros que se había leído. Muchos de ellos los tenía Reese en su estantería.

–De acuerdo, es inteligente y agradable a la vista.

–Y para ser una mujer que todo lo que sabe acerca del vino lo ha aprendido en los libros, sabe mucho –sonrió Cade–. Será mejor que tengas cuidado, amigo.

Reese tenía que admitir que Shea había demostrado que sabía mucho acerca de la producción y del mercado del vino. Había hecho varias preguntas interesantes sobre la bodega y el negocio en general, pero siempre evitando mirarlo a los ojos. Si Reese no hubiera sabido que era una mujer de negocios segura de sí misma, habría pensado que estaba tan nerviosa como cuando la recogió en el aeropuerto.

–Aquí estáis –dijo Belle cuando salieron.

Cade agarró la mano de su esposa y sonrió.

–Estábamos esperándoos, cariño –la abrazó y la besó en la boca.

Shea no podía dejar de mirarlos. Era la primera vez que se encontraba delante del amor verdadero. Lo percibía en la manera en que Belle y Cade se miraban y se tocaban.

Y sintió un anhelo desesperado por tener lo que ellos tenían.

–Estaba contándole a Shea que ha llegado en el momento justo –Belle se volvió hacia su amiga–. Tenemos dos eventos importantes durante los próximos diez días. El primero es el día de cata, que será pasado mañana.

–¿Día de cata?

–Así es como lo llamamos. Reunimos a todos los empleados de la bodega y del rancho que quieran participar, a los vecinos y a amigos y hacemos una cata. El personal de marketing está presente con unos cuestionarios, pero es todo muy informal. Creo que te divertirás.

–Oh, creí que te lo había dicho... No bebo.

Todos la miraron.

–Quieres decir que no bebes alcohol duro –dijo Belle–. Sabía que no eras una gran bebedora cuando íbamos a la universidad, pero...

–Ya no bebo nada. Hace un par de años, hum,

descubrí que era alérgica al alcohol –alérgica a quedar en ridículo en la fiesta de Navidad, donde después de dos copas se había insinuado al vicepresidente del departamento de contabilidad. Desde entonces no había probado ni una gota–. ¿Hay algún problema?

–No –Belle se estremeció–. Normalmente, Reese y yo hacemos la cata verdadera del vino durante y después de la fermentación, pero ahora no puedo hacerla por el embarazo. Lo otro es como una fiesta y pensé que te gustaría, pero no pasa nada.

–Ya. ¿Y el segundo evento?

–La cena y el baile anual de la asociación de cultivadores –dijo Cade–. Es la única ocasión en que podemos ponernos una pajarita por esta zona.

Belle se estremeció de nuevo y Cade la abrazó.

–¿Tienes frío, cariño?

–Un poco. Creo que voy a entrar.

Shea también se movió.

–Creo que deberíamos...

–No –insistió Belle–. Quedaos. Charla con Reese. A partir de mañana trabajaréis juntos, así que tendréis que poneros al día.

Tras esas palabras, los McBride entraron en la casa y ella se quedó a solas con Reese.

A solas con un hombre alto, moreno y de facciones duras.

–Por favor, no se sienta obligado a quedarse, señor Barrett...

–Reese.

–Lo siento, Reese. No estás obligado a...

–Dime una cosa. Estás nerviosa porque vas a sustituir a Belle, o es que tengo algo que hace que te pongas tan nerviosa como una yegua indómita.

–¿Tú? No, yo…

–No tratas con muchos mestizos en tu círculo, ¿verdad?

¡Cielos! Él pensaba que su nerviosismo se debía a que tenía rasgos indígenas.

–Crees que… Oh, no… No tiene nada que ver… Ni siquiera he pensado… –lo estaba haciendo muy mal. Tenía que explicarse sin quedar como una idiota–. Por favor, créeme si te digo que no eres tú, que soy yo. Quiero hacer un buen trabajo para Belle. Ella me ayudó cuando la necesitaba desesperadamente –Shea lo miró a los ojos–. Puede que parezca una tontería pero, quiero que se sienta orgullosa de mí.

–No hay nada de tontería en la fidelidad.

Shea suspiró, aliviada.

–Me alegro de que lo comprendas. No quería que pensaras que sentía aprensión por tu descendencia.

Él no sabía si era por su mirada de súplica, o por la ternura que había en su voz cuando hablaba de Belle, pero la creyó. Entonces, si no le molestaba que fuera mestizo, ¿por qué tartamudeaba?

–Quiero decir, por lo que a mí respecta, eres un chico corriente… Bueno, quiero decir…

–Quizá deberíamos dejarlo ahora que estamos a tiempo.

Menos mal. Ella no lo estaba haciendo muy bien. Quizá porque no podía dejar de mirarlo. No era culpa suya que fuera tan atractivo.

Él se metió las manos en los bolsillos y la observó mientras ella lo miraba.

–¿Tienes alguna pregunta acerca del trabajo?

–¿Ahora?

–Cuando sea. Todo lo que quieras saber, pregúntamelo. Nunca estoy demasiado lejos.

Shea sentía curiosidad por saber por qué ninguna mujer lo había conquistado todavía, pero no podía preguntárselo. Y la idea de tenerlo cerca, le resultaba inquietante.

–Lo recordaré.

–Bueno –dijo él–. Empezamos temprano, así que será mejor recogerse.

Cuando subieron al porche, ella notó su mano en la espalda. Un gesto cortés. Otro indicativo de que ya no estaba en el ajetreado mundo que ella controlaba. Por primera vez, Shea empezó a comprender que Sweetwater Springs era un mundo diferente, tal y como Belle le había dicho.

–Gracias, Reese. Estoy encantada de trabajar contigo.

–Quizá quieras ahorrarte tus palabras. Voy a darte suficiente trabajo e información como para que eches de menos tus reuniones de negocios multimillonarios.

No era lo que le había dicho, sino cómo se lo había dicho. Había cierto tono de resentimiento en su voz. Shea se percató de que él no confiaba demasiado en ella, o en su capacidad.

–Espero que no creas que he venido a usurparte la autoridad ni nada de eso, Reese. Ya sabes, a meterme donde no debo...

–Sé lo que significa la palabra usurpar.

Estupendo, además lo había ofendido.

–Sólo quería decir...

–Ya lo dije antes, dejémoslo ahora que estamos a tiempo. Y puesto que estamos hablando de autoridad, tengo tantas cosas que decirte, que mañana terminarás harta de oír mi voz. De hecho, te sentirás como si estuviéramos unidos físicamente. ¿Crees que podrás soportarlo?

«Bueno, no hacía falta que me ofendiera de esa manera», pensó ella. Los hombres que sacaban conclusiones antes de tiempo solían hacerlo como método de defensa. Reese Barrett podía ser un hombre atractivo, pero también era un claro machista. Ella se había enfrentado a esa batalla en numerosas ocasiones y siempre había sobrevivido. De hecho, era una veterana. Algo que el señor Barrett pronto descubriría.

–Oh, sí, creo que lo soportaré.

Una hora más tarde, a solas en su habitación, Shea sacó las tres cartas del señor Serio y las releyó, confiando en que la ayudaran a poner las cosas en perspectiva. Sus palabras eran reconfortantes y la ayudaban a confiar en que algún día podría enfrentarse a todos los Reese Barrett del mundo.

Seguía escribiéndose con los otros hombres del experimento pero, después de la segunda carta del señor Serio, supo que él era lo que ella deseaba si decidiera tener una relación seria. Así era como se había descrito a sí mismo en la última carta: altura media, corpulencia media, cabello oscuro. Shea sonrió al recordar que le había dicho que nunca competiría con Tom Cruise pero que, al menos, su aspecto nunca había asustado a los niños pequeños. Había escrito que era un hombre normal y corriente.

Shea guardó las cartas en un cajón, confiando en que pronto le llegarían más. Antes de marcharse de Austin había contactado con la revista para decirles que guardaran su correspondencia hasta que alquilara un apartado de correos. Se puso el camisón y se metió en la cama, cerró los ojos y se preguntó qué aspecto tendría el señor Serio.

Sería un hombre un poco más alto que la media, de cabello oscuro. ¿Un poco demasiado largo y ondulado a la altura de la nuca?

Un chico corriente. Desde luego, algo que no podía aplicar a Reese...

¡Cielos! ¡Estaba perdiendo la cabeza!

De pronto, se sentó en la cama y encendió la luz como si eso pudiera ayudarla a olvidar sus pensamientos. Respiró hondo.

–Estás nerviosa. Es normal. Un proyecto nuevo. Cosas que aprender. Eso es todo –dijo en voz alta, y respiró hondo un par de veces más–. Deja de pensar y duérmete.

Apagó la luz y apoyó la cabeza en la almohada.

–¿Crees que podrás soportarlo? –imitó el tono de Reese–. Terminaré harta de su voz, está bien. Y en cuanto a lo de estar unida físicamente al vaquero sexista...

Una imagen de sus cuerpos desnudos unidos invadió su cabeza, provocando que una ola de calor recorriera su cuerpo.

–Oh, cielos...

Algo extraño le había sucedido aquel día. Extraño porque, a su edad, era la primera vez que sentía deseo. Deseo sexual.

Y eso la asustaba.

Toda su vida estaba construida en base a su inteligencia. Los sentimientos eran algo confuso, inquietante y aterrador.

–¡Basta! –susurró, y se cubrió con la colcha hasta el cuello.

¿Y qué más daba? Estaba segura de que no era el tipo de mujer que le gustaba a Reese Barrett.

Intentó visualizar al señor Serio o a cualquier otro de los hombres de su experimento. Sin embargo, sus sueños se llenaron con imágenes de un hombre alto, de facciones duras que trabajaba como gerente en una bodega.

Capítulo Tres

Reese se detuvo en la puerta del despacho de Belle con una taza de café en la mano y vio que Shea estaba revisando unos informes.

–Veo que estás llena de energía.

Shea levantó la vista y se quedó boquiabierta. Tenía que dejar de reaccionar de esa manera cuando veía a Reese. Pero le resultaba difícil, ya que aquel hombre se parecía a los que salían en la portada de *Texas Men*. Era una lástima que sus modales no se correspondieran con su aspecto.

–Buenos días, Reese. Si estás buscando a Belle, ha salido un momento.

–De hecho, te buscaba a ti.

–¿A mí?

–Belle pensó que te gustaría hacer un tour por la bodega.

–Pero creía que ella...

–No. Intentamos que no vaya mucho por allí. Hay muchas máquinas trabajando, se mueven barriles, se cargan cajas, entran y salen carretillas elevadoras... –negó con la cabeza–. No es un sitio seguro.

–Ah. No había pensado en ello, pero comprendo que pueda ser peligroso.

–Fíjate que he dicho intentamos. Ella es más terca que una mula de Arkansas, y siempre quiere hacer las cosas a su manera.

–No es exactamente una mujer apocada ¿verdad?

–Veo que te has dado cuenta. ¿Has conocido alguna vez al abuelo de Belle?

–¿A Caesar Farentino? Sí, cuando nos graduamos en la universidad. Un hombre encantador.

–También era tan terco como una mula cuando se lo proponía. Créeme –le dijo, y bebió un trago de café–. Belle lo ha heredado de él.

–Uno no puede negar sus genes –dijo ella, y se arrepintió al instante.

–Claro que sí. Pero no sirve de nada.

–No me refería a...

Él levantó la mano para que se callara.

–Anoche zanjamos ese tema, ¿recuerdas? Y ahora, ¿qué opinas de lo del tour?

–Sí, me gustaría mucho.

Salieron de la oficina y se dirigieron a la bodega. El lugar estaba lleno de actividad.

–Bienvenida al Château de Bubba.

–¿Al Château de qué?

–Es nuestra manera de llamar a este lugar. El vino es el néctar de los dioses.

Shea sonrió y asintió. Reese estaba haciendo todo lo posible para no sacar el tema de la noche anterior, y lo mínimo que ella podía hacer era imitarlo.

–Los cultivadores traen las uvas en camiones o en bateas. Se pesan y se separan las uvas rojas de las blancas. Después se meten en una prensa.

–Lo he leído. La uva roja se trata de manera distinta a la blanca.

–Sí. Las blancas se meten directamente en la prensa. Las rojas se prensan un poco y se dejan en un tanque de seis a doce días porque...

–El zumo de uva es blanco así que, para hacer vino tinto, la piel tiene que entrar en contacto con la uva.

Él la miró, sorprendido.

–Eso es, y…

–Cuando la pulpa se asienta, se prensa de nuevo. Después, la pulpa se tira ¿no?

–Sí.

–Y a nadie se le ha ocurrido ninguna utilidad para la pulpa, ¿no es así?

–No –colocó la mano sobre su espalda, y le dijo–: Vamos. Te mostraré el proceso de embotellamiento.

La guió hasta dos tanques enormes en el que se acumulaba el zumo de la uva blanca en fermentación. Un empleado estaba trabajando junto a los tanques.

–Está midiendo los niveles de azúcar –dijo Reese, alzando la voz porque las elevadoras hacían mucho ruido.

Siguieron caminando y llegaron hasta donde un hombre trabajaba con un soplete de propano.

–Está tostando un barril, ¿no? –dijo Shea–. Quemando la madera para darle sabor al vino.

–Sí. El barril que está tostando está hecho de roble blanco, es el estilo americano.

–¿Hacéis vuestros propios barriles?

Él asintió.

–En su mayoría. También empleamos unos de estilo francés, que tardan más en fabricarse. Están hechos de roble blanco francés, y se tuestan con fuego de roble. Son más caros.

Shea estaba tan concentrada en el proceso, que el tacón de su zapato se metió en el agujero de un sumidero que había en el suelo. Ella tropezó y salió despedida hacia delante. Reese la agarró a tiempo y ella lo miró a la cara.

–Tienes que mirar por dónde andas –la miró de arriba abajo con detenimiento y sonrió–. Esos zapatos son estupendos para los suelos de madera. Aquí son peligrosos.

«Peligroso», pensó Shea. Él sí que era peligroso. Deliciosamente peligroso.

–A lo mejor quieres probar a ponerte unas botas.

–Botas –dijo ella, como si nunca hubiera oído esa palabra.

–Y pantalones vaqueros. Por aquí no nos importa demasiado la moda.

Él la tenía agarrada por la cintura y ella notaba su calor. Tanto, que era como si atravesara la tela de su falda y de su blusa.

–Espera –dijo él y, con una mano, recorrió su pierna hasta el tobillo.

–¿Qué haces? –preguntó ella.

–Ayudarte –le sacó el pie del zapato y la enderezó.

Ella se separó de él, con tanta prisa, que estuvo a punto de tropezarse otra vez.

–Oh –sintiéndose ridícula, se estiró la falda y trató de mantener la compostura–. Gracias –dijo, y se volvió para marcharse.

–Necesitarás esto.

Shea se dio la vuelta y se encontró con el zapato a la altura de la cara. Respiró hondo, se puso el zapato y se aclaró la garganta.

–¿Terminamos el tour?

Reese señaló hacia un montón de barriles.

–Tú primero.

Ella le agradeció el gesto y él se fijó en el frío brillo de sus ojos azules. Era evidente que Shea trataba de mantener la distancia entre ambos. Pero tendrían que trabajar juntos durante seis semanas, y él no estaba dispuesto a pasarse el tiempo tratando de descongelar a la reina de hielo.

Después de comer, Reese pasó por el despacho de Belle con la esperanza de encontrarla allí. Sin embargo, se encontró con que no era así.

–¿Dónde está Belle? –le preguntó a Shea.

–Se ha ido a casa –contestó ella, sin levantar la vista del teclado–. Le dolía la espalda.

–¿Está bien?

–Eso creo.

–¿No estás segura?

–Vino Cade, y ella le contó que estaba molesta. Él se preocupó, igual que has hecho tú, e insistió en que se marchara a casa.

–Ah, bueno... Bien –durante un instante se le había acelerado el corazón–. Tiene que tomárselo con calma.

–Para eso he venido yo. ¿Hay algún problema?

–¿Qué?

–Querías ver a Belle. A lo mejor, puedo ayudarte yo.

–No creo.

–Puedo intentarlo. Sea cual sea el problema...

–No hay ningún problema. Es sólo que a Belle le gusta echar un vistazo a las uvas cuando las traen. Supongo que puedes venir tú, si quieres.

–No gracias.

–¿Por qué no? –soltó él, sorprendido.

–No es mi especialidad.

–No es tu... Perdona, pero creía que habías venido para quitarle trabajo a Belle y para llevar el negocio hasta que nazca el bebé.

–Correcto.

–Entonces, no...

–¿Comprendes? Bien... –agarró un lápiz y se dio golpecitos en la mano–. He venido para ayudar con el negocio, pero eso no significa que tenga que hacerlo todo. Por ejemplo, aunque no diferencie unas uvas de otras, sé administración, y ya he empezado a buscar la manera de reducir costes...

–¿Reducir costes? Espera un minuto. ¿Quién te ha dado permiso para realizar cambios?

–Belle y yo hablamos de ello por teléfono. Hace un par de días. Supongo que no ha tenido tiempo para contártelo.

–Es evidente. Pero puesto que tú pareces saberlo, ¿por qué no me pones al día?

–Creo que debería ser Belle quien te lo contara. Y sé que quiere conocer tu opinión antes de realizar los cambios. Ella, hum... Ella sabe que tú y yo tenemos una manera diferente de ver el negocio...

Reese se cruzó de brazos.

–Eso está claro.

Shea se aclaró la garganta.

–Por ejemplo, me ha gustado el tour que me hiciste esta mañana, pero he de confesar que cuando me hablabas de cruzar las viñas, de preparar el suelo y de cómo se hace el vino bueno, estaba perdida. Por suerte, ésa es tu especialidad, así que no necesito...

–Te equivocas –se apoyó en el escritorio–. No importa que vayas a estar aquí seis semanas o seis horas, tienes que saber qué estás haciendo. Este negocio no es como los demás. Sí, me gusta caminar entre los viñedos, mancharme las manos, hablar con los cultivadores, probar el vino, hacer el control de calidad y todo eso. Me gusta porque es trabajo físico y emocional, incluso espiritual. Hacer vino es como hacer el amor… Está lleno de pasión, amor y trabajo duro. No es fácil, pero merece la pena el esfuerzo.

Reese vio sorpresa en su mirada, y también miedo y fascinación.

–¿Sientes pasión por algo, Shea?

–¿Qué?

–Me has oído –se acercó más a ella–. Pasión. Ya sabes, una emoción intensa. Amor. Sexo.

–Disculpa –se puso pálida–. Eso no tiene nada que ver con…

–¿Cómo que no? La pasión tiene que ver con todo. Tienes que comprender cómo se hace el vino para entender su valor.

Shea retiró la silla y se puso en pie.

–Estoy segura de que tienes razón –se acercó al archivador.

Reese negó con la cabeza.

–Me sorprende cómo una mujer puede tener tu aspecto y no conocer la pasión.

–Eso es un comentario sexista –contestó ella.

–Digo lo que pienso –se encogió de hombros.

–No sé si podré trabajar contigo y con tu comportamiento anticuado.

–¿De veras? Pensé que eras una profesional. No he dicho nada que no sea cierto. Tú eres la que te has ofrecido voluntaria –se acercó a ella–. Esto no tiene nada que ver con las cifras frías e impersonales con las que acostumbras a trabajar. Esto es algo más que pérdidas y beneficios. Más que libros de contabilidad. Tenemos una relación personal con lo que hacemos –la acorraló contra el archivador–. No comprendes nada y no quieres admitirlo.

–Yo...

–O nadas, o te ahogas, ojos bonitos. Si de verdad quieres ayudar a Belle, tendrás que tratar con todo lo que sucede.

–Bueno, yo...

–No das la sensación de ser una perdedora.

–No lo soy.

Se fijó en sus labios.

–Bien.

–Creo que podremos solucionar esta situación si ambos ponemos un poco de nuestra parte.

–Estoy dispuesto –dijo él, fijándose en lo suave que parecía su labio inferior.

–Y yo creo que deberíamos hacer que esto quedara entre nosotros. Ya sabes, para no preocupar a Belle más de lo necesario.

Mientras que su mente se preguntaba cómo podía sentirse tan atraído por una mujer que no conocía la palabra pasión, su cuerpo tenía todas las respuestas.

–Estoy de acuerdo.

–Bien. Y ya que estamos poniendo normas, me gustaría hacer una petición.

–Dila.

–Me gustaría que no me llamaras «ojos bonitos». Es...

–Cierto –dijo él.

Shea se aclaró la garganta.

–Lo tomaré como un cumplido, pero es poco profesional.

–Lo que sea –dijo después de mirarla en silencio durante un momento.

–Esperaré a que hables con Belle para seguir trabajando en esto.

–Será lo mejor. No me gustaría que perdieras el tiempo.

Shea respiró hondo.

–¿Crees que podría utilizar alguno de los vehículos de la empresa? Me gustaría hacer un par de cosas en el pueblo.

–Estaré encantado de llevarte, puesto que no conoces la zona...

–Soy perfectamente capaz de moverme por Sweetwater Springs, Reese.

–De acuerdo. Puedes utilizar mi camioneta.

–Oh, no... No quiero causarte molestias.

Él sacó las llaves del bolsillo y se las dio.

–No es una molestia, Shea.

–Gracias. Prometo que no tardaré mucho.

–Tómate el tiempo que necesites. Estaré por aquí cuando regreses –le dijo, y salió por la puerta.

Shea no quería que nadie se metiera en sus asuntos y, por eso, prefería ir sola al pueblo. Tenía que alquilar un apartado de correos. Si no, ¿cómo iba a continuar con su experimento?

–Bueno, ¿y cómo te ha ido el primer día? –preguntó Cade durante la cena.

Shea miró a Reese.

–Bien –contestó.

–Siento haber tenido que dejarte sola –dijo Belle–. Cade exageró.

–Nada de eso. Te dolía mucho la espalda. Y todavía te duele.

–Estoy bien. Deja de preocuparte.

Belle hablaba con una sonrisa, pero Shea sabía que trataba de disimular su dolor.

–¿Quieres un almohadón?

–Gracias, pero no lo necesitó. De veras.

–Es demasiado cabezota como para admitir que lo necesita –dijo Cade.

–Estoy de acuerdo –dijo Reese–. Me temo que vas a tener que atarla para que esté tranquila.

–No creas que no lo haré. Sabes, no te vendría mal dormir más ahora que Shea está aquí.

–Santo cielo –Belle pestañeó con garbo–. ¿Qué haríamos sin que unos hombres fuertes cuidaran de nosotras? Y antes de que contestéis, os lo advierto, era una pregunta retórica.

–Quizá dormir un poco más te sentaría bien –intervino Reese, tratando de contener una sonrisa.

Como respuesta a su comentario, recibió una amenaza con un tenedor.

–Ya te lo había dicho –dijo Cade–. Se está volviendo mala.

–Doy fe de ello –dijo Reese–. Pero, en serio, ¿por qué no te levantas más tarde? Shea estaba interesada en ver los viñedos –la miró fijamente a los ojos para que le siguiera la corriente–. Había pensado en llevarla a O'Brian.

–Con más motivo –Belle se cambió de postura una vez más–. Iré a la oficina bien temprano. Alguien tiene que preparar la cata.

–Está todo hecho. Además, la hemos cambiado a la tarde –dijo Reese.

–Creo que habéis hecho una conspiración para que me quede en casa –dijo Belle.

–No es cierto –dijo Reese.

–Claro que no –dijo Shea.

–Cariño, ¿por qué íbamos a hacer tal cosa?

–Está bien –Belle levantó ambas manos como gesto de rendición–. Me tomaré la mañana libre. Pero iré a la cata –advirtió.

–Eh –Cade le dijo a Reese–. Tenemos los planos que hizo el arquitecto para los cambios que queremos hacer en la casa. ¿Quieres verlos?

–Claro.

–Vuelvo enseguida, cariño.

–Tómate el tiempo que quieras.

En cuanto se marcharon los hombres, Belle suspiró y dijo:

–No quiero decir nada delante de Cade, pero me encantaría darme la gran vida durante unas horas. Hoy no ha sido mi mejor día.

Shea frunció el ceño.

–A lo mejor deberías llamar al médico.

Belle negó con la cabeza.

–Lo vi el viernes. Estoy bien. El bebé está bien. Sólo me duele la espalda. Es normal... –se movió y puso una mueca de dolor–. Maldita sea, cómo duele –miró a Shea–. Si prometes no asustarte, te diré una cosa.

–¿El qué?

–Creo que cada vez me duele más.

–Belle...

–Prometiste que no te asustarías.

–No lo hice. Además, es demasiado tarde. Voy a llamar a Cade.

–No –Belle la agarró de la mano–. Ayúdame a subir para que me tumbe en la cama.

–Pero...

–Vamos. No me pasa nada –se levantó de la silla y caminó por el comedor.

–Sigo pensando que debería llamar a Cade –insistió Shea.

–Oh, me vuelve... –Belle se detuvo y se abrazó, rodeándose el vientre–. Oh, no.

–¿Qué? ¿Qué pasa?

–Me duele mucho –se volvió, asustada–. Algo va mal –se puso de rodillas en el suelo–. Es demasiado pronto para que nazca el bebé.

–¡Cade! –gritó Shea con todas sus fuerzas–. ¡Cade, ven rápido!

Cade y Reese aparecieron enseguida.

–Llama a una ambulancia –ordenó Cade mientras tomaba a Belle en brazos–. Tranquila, cariño, todo va a salir bien. No permitiré que os suceda nada.

Reese ya había llamado a la ambulancia. Shea miró a su amiga y sintió miedo.

–Shea, ¿puedes traer una manta y una almohada de la habitación?

–¿Algo más?

Él negó con la cabeza y Shea corrió hasta el piso de arriba para recoger las cosas que le había pedido. Cuando bajó, Cade abrazaba a Belle y la mecía como si fuera un bebé. Se oían sirenas en la distancia.

Al cabo de unos minutos, Belle estaba tumbada en una camilla y dentro de la ambulancia.

Cade subió con ella, y Shea vio que se ponía pálido cuando uno de los técnicos comentó:

–Parece que a lo mejor nos toca asistir un parto prematuro.

Capítulo Cuatro

–*Déjà vu* –murmuró Reese, mirando al suelo.

–¿Qué?

Levantó la vista y se pasó la mano por el cabello.

–Lo siento. Es que hace unos meses Cade y yo estuvimos en la misma habitación, esperando para ver si Belle y el bebé estaban bien.

–Te refieres al accidente que tuvieron poco antes de repetir la boda –dijo Shea–. Pillaron robando a un empleado al que habían despedido y cuando trataba de escapar se chocó contra el coche de Belle, ¿no es así?

–Sí. Pensé que Cade no sobreviviría. Jamás lo había visto así. Hasta esta noche.

–Todo saldrá bien –dijo Shea–. Tenemos que pensar en positivo. Y Cade está con ella. Si hay alguna noticia...

En esos momentos, se abrieron las puertas del área de urgencias y apareció Cade. Reese y Shea se acercaron deprisa.

–Belle y el bebé están bien. Por el momento.

–¿Está de parto? –preguntó Reese.

–Lo estaba. Por ahora se lo han detenido.

–¿Y qué pasará?

–El doctor quiere que se quede aquí unos días. Dice que si no tiene más contracciones en las próximas veinticuatro o treinta y seis horas, la dejará irse a casa.

Shea colocó una mano sobre el brazo de Cade. Estaba temblando.

–Eso son buenas noticias.

–Sí –dijo él, con los ojos humedecidos–. Ha subido y bajado las escaleras cientos de veces al día, tratando de dejar la habitación del bebé tal y como quería. Yo intenté ayudarla pero... –trató de sonreír–. Ya conocéis a Belle.

–Sí –sonrió él–. Tiene que hacerlo a su manera.

–Podría darle un cachete. Tiene que hacerlo todo cuando ella lo decide. No puede esperar ni un minuto... No me había sentido tan indefenso desde que Wizard me tiró en la arena y trató de bailar sobre mi pierna.

Shea lo miró con cara de no comprender nada.

–Un toro –explicó Cade.

–Un toro que odiaba a los vaqueros –añadió Reese.

–Oh.

Cade se masajeó la nuca.

–Sí. Y enfrentarme a Wizard fue una tontería comparada con esta última hora.

–¿Os apetece una taza de esa porquería que venden como si fuera café en esa máquina? –preguntó Reese. Cuando Cade asintió, se volvió hacia Shea–. ¿Tú cómo lo tomas? ¿Solo o con leche?

–Con leche, por favor. ¿Belle puede recibir visitas? –preguntó ella cuando se marchó Reese.

–El doctor ha dicho que mañana, a lo mejor.

–¿Quieres que le traiga algo? ¿Camisones?

–Supongo que sí. No se me había ocurrido. Gracias, Shea. Sí, eso es estupendo. Todo lo que quiera lo tendrá.

–No te conozco muy bien, Cade, pero está claro que estamos de acuerdo en algo: nada es demasiado para bueno para Belle.

–Ella es lo mejor que me ha pasado en la vida, sin duda.

«A mí también», pensó Shea.

–Ya me he dado cuenta.

Reese regresó con el café.

–Puesto que sé que esta noche vas a quedarte aquí, ¿por qué no dejas que lleve a Shea a casa y que vuelva a hacerte compañía?

–Gracias, socio, pero me quedaría más tranquilo sabiendo que tú y Shea estáis a cargo de todo allí.

–¿Estás seguro?

–Sí. Sabes que te llamaría si cambiara algo. Además, Shea va a traer algunas cosas para Belle, así que tendréis que regresar mañana por la mañana –Cade se volvió hacia Shea–. Siento dejar todo en tus manos de repente, pero puedes pedirle a Reese todo lo que necesites.

–Estaremos bien.

–Sí –dijo Reese–. No te preocupes ni un instante. Shea y yo haremos que todo vaya como la seda. ¿No es así, Shea?

–Así es. Suave como la seda.

Una hora más tarde, de camino a Sweetwater Springs, Reese le preguntó a Shea:

–¿Estás bien?

–Eso creo.

–Nos hemos dado un buen susto, ¿verdad?

–Y que lo digas.

–Gracias por apoyarme. Sabía que Belle se quedaría más tranquila. No le contaremos que hemos tenido un mal comienzo.

–Lo que dije lo decía en serio.

–Sí, parecías bastante convincente.

–No, en serio. Belle es como una hermana para mí. Haría cualquier cosa, por muy desagradable que fuera, para que estuviera tranquila.

–Incluido trabajar para mí.

–No me refería a eso.

–¿A qué te referías?

–Mira, Reese, no tengo nada personal contra ti…

–Ah, ya veo. Es contra los hombres en general. No me sorprende.

–No es eso. Trabajo con hombres todo el rato. Y por eso he aprendido a mantener únicamente una relación laboral. No veo motivo para que trabajar contigo sea diferente.

–¿Ah, no?

–No. No es que haya ningún peligro de que nos… enrolláramos. Pareces inteligente y trabajador, y estoy segura de que muchas mujeres te consideran devastadoramente atractivo, pero… No eres mi tipo.

–¿De veras?

–Sí.

–Bueno… eso me parece bien, porque tú tampoco te pareces a lo que estoy acostumbrado. Me gustan las mujeres un poco más flexibles.

–Entonces, no hay ningún problema.

–No. Ninguno.

Shea Alexander no se parecía en nada a las mujeres a las que él estaba acostumbrado pero, entonces, ¿por qué no podía dejar de pensar en ella? Porque era muy bella. Porque tenía un cuerpo precioso. Porque la deseaba. De acuerdo, sólo era atracción sexual. Algo puramente biológico. Podría soportarlo.

Contento por tenerlo todo bajo control, decidió que escribiría una carta larga para Natalie.

***

Al día siguiente, sobre las ocho de la mañana, Shea estaba recogiendo las cosas que Belle podía necesitar. Posey, la cocinera y el ama de llaves, le indicó cuáles eran los armarios y los cajones que pertenecían a Belle. Mientras Shea recogía lo necesario, vio un camisón de seda con escote. Nunca había tenido nada igual en sus manos y no pudo evitar ponerlo contra su cuerpo, imaginar cómo se sentiría con él y mirarse en el espejo.

–Oh, cielos –susurró.

Se sonrojó al imaginarse con aquella prenda puesta y entre los brazos de un hombre.

Desde la puerta, Reese la observaba con mucho cuidado para que ella no se diera cuenta. Posey le había informado que Shea estaba preparándose para marchar y él había subido a buscarla. Por supuesto, no esperaba encontrársela como si fuera una niña jugando a ser mayor. En aquellos momentos no se parecía en nada a la mujer fría que él había conocido. Al contrario, era demasiado ardiente.

Retrocedió hasta la escalera y gritó:

–¿Hola? ¿Dónde está todo el mundo?

–Ah, espera un minuto –Shea dobló el camisón y lo guardó en un cajón–. Enseguida bajo –cerró la bolsa y salió de la habitación.

–Veo que has seguido mi consejo –dijo Reese nada más verla.

–¿Qué?

Él señaló sus pantalones vaqueros y sus botas relucientes.

–Bonitas botas.

–Gracias. Me las compré para ir a la fiesta de una empresa el año pasado. Se me había olvidado lo cómodas que eran.

Él agarró la bolsa que ella había preparado.

–Un buen par de botas es como un buen matrimonio. Cuesta un poco acostumbrarse pero, si sale bien, dura toda una vida.

Shea no estaba segura de cómo responder a su comentario, así que sonrió y lo siguió escaleras abajo. Minutos después, estaban de camino al hospital.

Belle estaba hablando con Cade cuando Shea y Reese entraron en la habitación.

–¿Cómo estás? –le preguntó Shea.

–Estoy bien.

–¿De veras?

–De veras. Admito que me asusté un poco, pero el médico ha dicho que es probable que mañana pueda irme a casa.

–Si se lo toma con calma –añadió Cade.

–Bueno, Belle ya tiene color en las mejillas, pero tú estás como si te hubieran montado bajo la lluvia y te hubieran guardado mojado.

–Ha dormido toda la noche en esa silla –intervino Belle–. ¿Por qué no lo llevas a casa, le das de comer y te aseguras de que descansa un poco?

–No voy a ir a ningún sitio.

–Sí vas a ir, Cade McBride. No quiero que te caigas redondo justo cuando te necesite.

–Por eso no voy a irme. Porque me necesitas.

–Claro que te necesito, pero...

–Eh –interrumpió Reese–. Segundo asalto. Ha sonado la campana.

Cade besó la mano de su esposa.

–Lo siento, cariño, pero si crees que voy a salir por esa puerta antes de que puedas acompañarme, te equivocas.

–¿Qué voy a hacer contigo? –suspiró Belle.

Él sonrió.

–Porque estamos acompañados, si no te lo diría. ¿Por qué no te quedas pensando en eso mientras Reese y yo salimos un momento y tratamos unos asuntos del rancho?

Shea vio cómo se miraron los dos amigos y se preocupó por la posibilidad de que las cosas no fueran tan bien.

–¿Estás segura de que te encuentras bien?

–Por supuesto. Y gracias por traer mis cosas. No quiero ni pensar qué me habrían traído si hubiéramos dejado que las trajeran Reese o Cade. Eres un ángel.

–Es lo mínimo que podía hacer.

–Bueno, ¿y cómo te llevas con Reese?

–Oh, bien –contestó sin mirarla a los ojos–. Esas rosas son preciosas –añadió.

–Reese es todo un hombre ¿verdad?

–Sí –Shea recolocó el ramo de flores.

–No sé qué haría sin él. Es mi brazo derecho.

–Estoy segura de que es muy valioso.

–Y tampoco está mal, ¿no crees? –al ver que Shea no contestaba, insistió–: ¿No crees?

–¿El qué?

–Que es atractivo.

–Supongo. Si te gustan los hombres de facciones duras...

En ese momento, Cade y Reese entraron de nuevo en la habitación.

–Reese –dijo Belle–. Me gustaría repasar unas cosas contigo antes de que te vayas. La empresa encargada de diseñar y mantener la página web está...

–Déjalo estar de momento –dijo Cade.

–Pero...

–Nada de peros. Si tanto te preocupa lo que Shea y Reese tienen que hacer, diles adiós para que puedan ir a hacerlo.

–Tiene razón –dijo Reese–. Te veremos mañana.

Shea se agachó y la besó en la mejilla.

–No te preocupes por nada –le dijo.

Reese se había detenido en la puerta de la habitación y ella estuvo a punto de chocarse con él.

–Guau –dijo Reese, y la agarró de los hombros–. ¿Cómo se te da montar un dormitorio?

–¿Perdón?

–Antes de que Belle llegue a casa, tenemos que convertir el estudio del piso de abajo en un dormitorio.

–¿Qué?

–Cade me ha dado instrucciones. Belle no subirá ni un escalón hasta que nazca el bebé.

Shea notó un nudo en la garganta y, sin pensarlo, agarró a Reese del brazo.

–Algo va mal. ¿Qué ocurre? ¿Qué te contó Cade cuando salisteis de la habitación?

–No pasa nada.

–¿Estás seguro?

–Sí. Y queremos que todo siga así. El doctor quiere que Belle esté en reposo. Nada de escaleras. Ni de estrés. Cade se encargará de controlarla, así que tú y yo tendremos mucho que hacer. Tendremos que encargarnos del rancho y de la bodega.

–Haré lo que sea necesario.

Él sonrió.

–Eso es exactamente lo que le he dicho a Cade que dirías.

Hasta ese momento, él no se había dado cuenta de que seguía teniendo las manos sobre sus hombros. Ni de que estaban muy cerca. Tanto, que podía sentir el calor de su cuerpo, oler su perfume y admirar el brillo de sus ojos azules.

Ella apenas podía respirar, y mucho menos pensar. Se suponía que su experimento iba a ayudarla a manejar ese tipo de situación, sin embargo, se había quedado paralizada.

Reese retiró las manos y dio un paso atrás. Aquella mujer era mortal para el género masculino. ¿Sabía que tenía unos ojos tentadores, una boca deliciosa y un cuerpo que volvería loco a cualquiera?

Dio otro paso atrás.

–¿Estás lista?

Shea no contestó. No estaba segura de si podría pronunciar palabra, así que asintió.

–Supongo que lo primero que hagamos debería ser el dormitorio –dijo Reese.

«Estupendo», pensó Shea. Hacía años que soñaba con pasar las horas en un dormitorio con un hombre atractivo, pero aquello no era exactamente lo que había pensado.

Capítulo Cinco

–No puedes echar el sofá a un lado y meter una cama en una habitación de este tamaño –dijo Shea.

¿Por qué no?

–Porque Belle no tendrá sitio para ir hasta el baño.

Llevaban más de una hora trabajando para acondicionar la habitación y, prácticamente, no habían avanzado nada.

–¿Estás seguro de que esto era lo que quería Cade?

–Para ser una mujer inteligente, esa pregunta no lo es. ¿Crees que iba a hacer todo esto si el médico no le hubiera dicho a Cade que Belle tiene que descansar? Nada de escaleras. Ni de estrés, ¿recuerdas?

Ella suspiró.

–Está bien, mira. Ésta es la única habitación del piso de abajo que puede convertirse en dormitorio, ¿verdad?

–Verdad.

–E insistes en que la silla y el escritorio se queden donde están, ¿no?

–Sí.

–Entonces, hay que sacar el sofá.

–No, espera...

–No podemos dejar las dos cosas. Decide.

–Está bien, pero si Belle pregunta quién es el responsable, se lo diré.

–Creía que los vaqueros siempre eran deferentes con sus mujeres.

–Sólo en las películas de John Wayne –agarró el sofá y lo sacó de la habitación.

–Bueno, ¿y ahora qué? –le preguntó ella cuando regresó.

–Lo primero de todo será quitarme la camisa antes de que me derrita –se la desabrochó.

Shea se quedó boquiabierta.

–¿Qué haces?

–Ya te he dicho que tenía calor. Parece que nunca hayas visto a un hombre con el torso descubierto.

–No seas ridículo –dijo ella–. Es sólo que no me lo esperaba –dijo, tratando de no fijarse en sus pectorales–. ¿Mejor? –sonrió.

–Mucho mejor –se fijó en sus senos–. Te lo recomiendo.

Ella se aclaró la garganta.

–¿Y ahora qué?

Reese sonrió.

–Bueno, hay varias respuestas para esa pregunta, pero no creo que estés preparada para la mayoría de ellas.

–Reese...

–Ahora le pediremos a Posey que limpie las pelusas que había debajo del sofá mientras nosotros subimos a por la cama.

Cinco minutos más tarde, Shea y Reese estaban a cada lado de la cama de Cade y Belle. El cabecero y los pies de la cama eran de madera y tenían el aspecto de pesar una tonelada.

–Me alegro de que no sea más grande –dijo Reese.

–No es broma –dijo Shea–. ¿Cómo vamos a bajar este monstruo?

–Desmontándola.

–¿Podemos? No me gustaría que le pasara nada. Probablemente pertenezca a la familia de Belle desde hace años. Y aunque la desmontemos, no sé si deberías mover algo tan grande tú solo.

–Puedo hacerlo.

–Eso es una demostración de fuerza. ¿Por qué no llamas a un par de los muchachos del rancho?

–Están ocupados, así que te toca quedarte con un Schwarzenegger fracasado –bajó el colchón al suelo y después desmontó el cabecero–. Sujétalo un momento, hasta que desmonte los pies.

–Reese.

–Espera.

–Reese, ¡no puedo!

Al oír pánico en su voz, volvió la cabeza. Shea gritó y trató de evitar que el cabecero le cayera encima. Reese dejó lo que estaba haciendo, corrió a su lado y la retiró a un lado, tirándola al suelo con él. El cabecero cayó al suelo pero no se rompió. Ellos permanecieron con los cuerpos entrelazados. Él con un brazo detrás de la espalda de Shea y una pierna sobre las de ella.

–¿Estás bien?

–Yo... Yo... –empezó a temblar.

–¿Shea? ¿Te has hecho daño?

–No estoy segura.

Reese era consciente de que le había parado la caída, pero quería asegurarse de que ella estaba bien.

–Quédate quieta un minuto –le palpó la cabeza, la nuca y los hombros. Después, pasó por encima de sus senos sin tocarla.

–¿Qué haces? –susurró ella.

–Asegurarme de que no tienes nada roto.

–No creo...

–Nunca se está seguro. ¿No querrás tener que quedarte tumbada al lado de Belle? –le palpó las costillas, las caderas y los muslos.

–Ya... Estoy bien. Tú no...

Cuando la sujetó por la barbilla, se calló.

–¿Te duele? –le preguntó al girarle la cabeza a un lado y a otro.

–No.

–¿Tienes dolor de cabeza?

–No.

La miró a los ojos.

–¿Estás segura? –retiró la mano despacio.

–Sí.

Reese le acarició el labio inferior con el dedo pulgar.

Shea sintió que una ola de calor recorría su cuerpo y que se le aceleraba el corazón. Al cabo de un instante, Reese se separó de ella y se puso en pie.

–Creo que sobrevivirás.

–Gracias –dijo ella después de ponerse en pie.

–De nada.

–No, en serio –miró el cabecero de la cama y se percató de lo cerca que había estado de golpearla–. Podía haberme hecho mucho daño. Incluso puede que me hayas salvado la vida.

–No creo que haya sido para tanto. De todos modos, ha sido un placer –se volvió para ver los desperfectos que había sufrido la cama–. Parece que hemos tenido mucha suerte. Ni un hueso roto, y la cama sólo tiene unos arañazos. ¿Qué te parece si la bajamos y la montamos de nuevo? Yo no sé tú, pero yo tengo mucho trabajo que hacer.

–Sí. Por supuesto.

Tardaron una hora en terminar la tarea, y cuando ya sólo quedaba poner las sábanas, Reese dijo:

–Dejaré que tú le des el toque final. Ya sabes, ahuecar las almohadas y dejarla bonita. Cosas de mujeres.

–Me extraña que no te sorprenda que tu amigo duerma en una cama como ésta.

–¿Quién ha dicho dormir?

–Tenía que haberlo imaginado –murmuró ella.

–¿Perdón?

Ella lo miró.

–¿Alguna vez lees otra cosa que no trate sobre la industria del vino o que no sean revistas como el Playboy? Quizá el movimiento feminista no sea el tema de moda entre los hombres de este estado, pero estoy segura de que, al menos, has oído hablar de él.

–Ojos bonitos, te sorprendería lo que leo –se volvió y salió de la habitación.

–Este hombre es exasperante –murmuró ella–. Me trata como si fuera una niña.

«Excepto durante esos minutos que hemos estado en el suelo», pensó. No se había sentido como una niña cuando tenía sus manos encima del cuerpo. Se tocó el labio inferior y recordó lo que había sentido cuando Reese la había acariciado.

Reese decidió que si se hubiera quedado un par de minutos más en aquella habitación, a lo mejor no habría salido con vida. ¿Qué habría hecho ella si la hubiera besado tal y como deseaba? ¿Qué diablos le estaba pasando?

Ella no era su tipo. Aunque tuviera un cuerpo

maravilloso y aunque le gustara bromear con ella y provocarla. Sin embargo, al acariciar su labio inferior, había sentido algo extraño.

«Esto es una locura», se dijo. Shea iba a quedarse allí cinco semanas y él confiaba en que estuvieran demasiado ocupados como para poder pasar demasiado tiempo juntos. Para intentar olvidar el fuerte deseo que había sentido por ella, se concentró en recordar la última carta que le había escrito Natalie. La dulce Natalie. Ella era el tipo de mujer que él necesitaba. Y cuanto antes lo arreglara todo para poder conocerla en persona, antes sería feliz.

«Trata de no olvidarte de esto, vaquero», se aconsejó.

Al día siguiente, Cade llevó a Belle a casa desde el hospital. Shea ayudó a su amiga a instalarse en la habitación que le habían preparado mientras Cade y Reese hablaban en el pasillo. Cuando regresaron a la habitación era evidente que la señora McBride pretendía regañar al señor McBride por haberle reorganizado la vida sin su permiso. Shea y Reese se percataron de que había llegado el momento de salir de allí y se marcharon.

Reese caminaba delante de Shea cuando se detuvo en seco.

–Oh, me había olvidado. Toma –le entregó las llaves de un coche.

–Son tus llaves. No quiero…

–No son las mías, son las de Belle.

–¿Las de Belle?

–Sí –comenzó a caminar de nuevo y se dirigió a la camioneta–. Cade me las ha dado hace un momento. Puedes utilizar su coche mientras estés aquí. Ella no lo necesitará. Por el tono de la conversación que tenían cuando nos marchamos, Cade estará muy ocupado tratando de mantenerla en la cama.

–No estaba contenta con la idea, ¿verdad?

–Ése podría ser el comentario del siglo. No sé tú, pero yo me alegro de tener suficientes cosas que hacer como para no acercarme a la casa en todo el día.

–¿De veras crees que te librarás tan fácilmente? En cuanto Belle se acomode, empezará a sonarte el teléfono.

–Tendrá que dejarme un mensaje.

–No quieres hablar con ella, ¿verdad?

–No tengo tiempo. Dentro de cinco minutos tengo que ir a hablar con uno de los agricultores, después voy a ir al rancho O'Brian para ver un toro. Eso me llevará el resto de la mañana, y la cata es esta tarde. Por cierto, espero verte allí.

–Me gustará observar...

–Un cuerno. Vas a probar el vino.

–Creí que te había dejado claro que...

–Que no te gusta beber. Bueno, no te preocupes, no tendrás que beber. Podrás escupirlo en lugar de tragarlo. Pero estamos hablando de ingerir una cantidad menor que la de una cuchara. ¿De veras crees que invitaríamos a nuestros empleados y a amigos a participar en una orgía de alcohol?

–Por supuesto que no, pero...

–Entonces, relájate, maldita sea –respiró hondo y se volvió hacia ella.

–Reese, no trato de complicar las cosas...

–Pues parece que sí, y esto tiene que acabar –levantó la mano al ver que ella se disponía a hablar–. Tengo que hablar contigo y necesito que me prometas que nuestra conversación no se la contarás a nadie.

–¿Por qué?

–Porque no quiero que vayas a contárselo a Belle. Se trata de ella y de su bebé –la miró a los ojos–. Necesito que me lo prometas, Shea.

De pronto, ella no estaba segura de querer oír lo que le iba a decir. La mirada de Reese transmitía preocupación.

–Te lo prometo.

–Los médicos están preocupados. Al parecer, Belle tiene la tensión alta. Muy alta. Y hay una especie de tapón que las mujeres pierden justo antes de dar a luz. No sé cómo se llama, pero el médico le dijo a Cade que si la madre lo pierde y no da a luz antes de unos días, hay riesgo de infección. Así que Belle tiene que permanecer en la cama. Sin estrés. Sólo se moverá para comer en la mesa y para ir al baño. Y no levantará ningún peso.

–¿Cade no pretenderá ocultarle esa información?

–No. De hecho, ahora mismo estará contándoselo todo.

Shea puso una mueca.

–Lo sé –dijo él–. Después él le dará una lista con todo lo que no puede hacer. A ella no le gustará, pero obedecerá. Ya conoces a Belle. Además, ya se llevó un susto con el accidente y no hay nada más importante para ella que tener un bebé sano.

–Sí.

–Cade quiere que esté animada y no quiere que se preocupe por el rancho ni por la bodega. Eso significa que tú y yo tenemos que dejarnos la piel para que sea así.

–Ya te dije que haría todo lo posible por ayudar a Belle.

–Ah, una cosa más. Normalmente, tú trabajarías con Belle, pero ahora no es buena idea. Si tienes alguna duda en la que yo no te pueda ayudar, o no me localizas, pregúntasela a Cade. Quiere que todo lo que tenga que ver con el negocio pase por él.

–Para que a ella no le suba la tensión.

–Eso es.

–Se pondrá bien –dijo Shea, al ver cómo fruncía el ceño.

–Sí.

Shea miró hacia la casa y pensó en la pareja que estaba en el interior.

–Lo conseguirán juntos –dijo, mirando a Reese.

–Tienen que hacerlo –él miró hacia la casa un instante y añadió–: Tengo que irme. Me están esperando. Te veré en la cata. A las dos en punto.

Shea lo observó marchar. Por mucho que actuara como un hombre duro, se notaba que se preocupaba mucho por sus amigos. Quizá bajo esa apariencia de duro, se hallara un gran corazón.

Shea llegó a la sala donde se celebraría la cata cinco minutos antes de la hora. Nada más sentarse a la mesa, una mujer de unos treinta y tantos años se acercó para presentarse.

–Hola. Soy Dorothy Fielding. Soy la secretaria del rancho. Tú debes de ser la amiga de Belle –le dio la mano–. Me alegro de conocerte. Todos te estamos muy agradecidos de que hayas venido a ayudarnos. Sobre todo ahora.

–Gracias.

–Y todos colaboraremos –dijo Dorothy–. No te preocupes. Si necesitas algo, ven a verme.

Shea sonrió.

–Puede que te tome la palabra, Dorothy.

–Si necesitas ayuda, estaré encantado de ofrecértela.

–Estaba segura de que sería así –le dijo Dorothy al hombre atractivo que tenía a su lado.

–Shea, éste es Luke Tucker. Un empleado del rancho. Luke, saluda a la señorita Alexander.

–Hola, muñeca.

–Nada de zalamerías, Luke –le advirtió Dorothy–. No le hagas mucho caso –le dijo a Shea.

En esos momentos, Reese entró en la sala.

Luke miró al gerente, sonrió a Shea y le dijo:

–Te veré más tarde, muñeca.

Shea observó cómo Reese estrechaba la mano a todos los que estaban sentados a la mesa. Se percató de que era un hombre que transmitía confianza y que sabía lo que hacía.

Él se sentó en un extremo de la mesa, pero no en la cabecera. Se frotó las manos y dijo:

–Bueno, ahora empieza lo divertido. Espero que todo el mundo haya comido bien y estéis listos para comenzar.

Shea comprobó que la cata de vino era un evento informal. Reese servía el vino y todo el mundo daba su opinión. Ella decidió dar pequeños sorbos y, después de probar tres o cuatro vinos distintos, empezó a sentirse más cómoda. Incluso se reía de las bromas que hacían los demás. Después de la sexta cata, se sorprendió al ver que ya habían pasado dos horas. Acababa de terminar una conversación con Dorothy cuando notó una palmadita en el hombro. Se volvió y vio que Luke estaba a su lado.

–Oh, hola.

–Hola. Dime, ¿qué te parece si nos vamos a cenar la mejor comida mexicana del estado?

–Suena bien.

–Podemos pasarlo genial. ¿Te gusta bailar, muñeca?

–Oh, bueno...

–Hay una pequeña pista de baile y me muero por moverte a un ritmo lento.

–Tucker.

–Sí –Luke levantó la vista y vio que Reese estaba a su lado.

–Ayuda a Ramos a traer otra caja de merlot, ¿de acuerdo? –dijo Reese.

–Por supuesto –Luke volvió a mirar a Shea–. Iré en cuanto la señorita Alexander y yo terminemos la conversación.

–Creo que será mejor que vayas ahora mismo.

–Así que, así es como van las cosas, ¿no?

–El merlot, Tucker.

Shea miró a ambos hombres y se preguntó por qué la Reese tenía mirada de desaprobación. Luke sólo trataba de ser agradable. Cuando se volvió hacia él para agradecerle la invitación, ya se había marchado.

–Ha desaparecido –le dijo a Reese.

–Sí.

–Hacéis un vino muy bueno.

–¿Has comido, Shea?

–¿Comer? –miró el reloj y se percató de que tenía que concentrarse para enfocar la vista–. Es casi la hora de cenar.

–Ajá.

–Las tortitas de Posey –dijo ella.
–Eso era el desayuno. ¿Qué hay de la comida?
–No he comido.
–Es lo que imaginaba.
–No tengo que comer si no me apetece, muchas gracias. ¿Te han dicho alguna vez que eres un poco mandón?
–Ajá. Vamos.
–Espera. ¿Dónde vamos?
–A que comas algo.
Ella sonrió y se puso en pie.
–Es una buena idea. Todo un detalle. ¿Ya se ha ido todo el mundo? –miró a su alrededor y vio que estaban solos–. ¿Dónde han ido?
–A casa –dijo Reese–. Son más de las cinco.
–Santo cielo. ¿Tan tarde? Será mejor que vayamos a ver lo que Posey ha preparado para la cena. Sabes, ahora que has mencionado la comida, tengo hambre.
–Bien.
Salieron de la sala y caminaron hasta la bodega. Shea sacó las llaves del coche.
–Ta-chán –se las mostró a Reese–. Podemos ir en mi coche. No, en el coche de Belle. Bueno, podemos ir en ese coche rojo.
Reese agarró las llaves.
–Conduciré yo –la ayudó a subirse en la camioneta y cerró la puerta.
Mientras rodeaba el vehículo, ella murmuró:
–Es un mandón, pero con un bonito trasero –y cuando se sentó al volante, le dijo–: Definitivamente, te doy un cinco.
–¿Se supone que he de saber de qué estás hablando?
–Un cinco. Del uno al cinco, tu trasero se lleva un

cinco. No un cinco más, como el de Michael Douglas o Troy Actman...

–Aikman.

–Sí. Eso. Pero estás cerca. Muy cerca. Y, sin duda, es de cinco.

–Es un honor.

–Debería serlo. Soy muy precisa en las comparaciones. Rara vez me equivoco.

–Estoy seguro.

Shea miró por la ventana.

–¿Dónde vamos?

–A mi casa.

–Muy bien.

«Oh, cielos», pensó Reese. Ella estaba en peor estado del que él imaginaba.

Reese se había dado cuenta de que Shea había bebido más de la cuenta durante la cata, pero no esperaba que aceptara ir a su casa con toda tranquilidad. Era importante que comiera algo cuanto antes.

Aparcó el coche y la ayudó a bajar. Después, la rodeó por la cintura, abrió la puerta de la casa y encendió la luz.

–Oh, cielos –dijo Shea–. Eres un dejado.

–Es el día libre de la asistenta.

–Ah, bueno. Eso es... ¡ups! –él la agarró del brazo al ver que se caía hacia el sofá.

–Siéntate y no hables. Te prepararé un sándwich.

–¿Tienes pan integral? Es mucho más sano.

Reese sonrió. No pudo evitarlo. Shea estaba muy atractiva tratando de comportarse de manera correcta cuando estaba pasada de vueltas.

–Veré lo que puedo hacer –le dijo.

Momentos más tarde, la miró desde la cocina y vio que estaba delante del equipo de música.

–Quiero bailar –dijo ella–. Nunca voy a bailar.

–¿Por qué no se lo dijiste a Luke? Estoy seguro de que te habría complacido.

–¿A quién?

–No importa.

–Quiero bailar –insistió ella.

–Después de comer algo –le llevó el sándwich y la agarró para que se sentara en el sofá otra vez.

–¿Tengo que hacerlo?

–¿Hacemos un trato? Comes un poco y luego bailamos.

–¿Lo prometes?

–Sí.

–No te creo.

–Un baile por la mitad del sándwich. Pero el sándwich primero.

–Está bien –se sentó en el sofá.

Él la observó mientras se comía la mitad del sándwich y bebía un poco de leche. Cuando intentó convencerla para que se comiera la otra mitad, ella contestó:

–Me lo prometiste.

Reese puso un CD en el equipo, se acercó a Shea y le dio la mano para ponerla en pie.

La abrazó y pensó que encajaba muy bien entre sus brazos. Ella apoyó la cabeza contra su pecho, suspiró y se acurrucó contra él como si quisiera quedarse allí para siempre. Él sonrió como si hubiera ganado un trofeo. «Muérete de envidia, Luke Tucker», pensó Reese.

Decidió que cuando terminara la canción insistiría en que se comiera el resto del sándwich. No le gustaba la idea de que pudiera pensar que estaba aprovechándose de ella.

–Eres un buen bailarín –dijo Shea.
–Gracias.
–No, en serio. No es que yo sea una experta. Ni siquiera fui al baile del colegio. Pero creo que bailas muy bien.
–¿Y cómo es que no fuiste al baile?
–Nadie me pidió que lo acompañara. ¿Sabes que yo aprendí a bailar sola? Saqué un video y un libro de la biblioteca y aprendí. Soy muy lista, ya sabes.
–Me he dado cuenta.
–A veces, demasiado lista –sonrió–. Pero esta noche no.
–No –la volteó cuando terminó la canción y la guió hasta el sofá.
Ella se volvió de golpe.
–Ibas a besarme, ¿verdad?
–¿Qué?
–Vamos, admítelo. Cuando se nos cayó la cama, pensaste en besarme, ¿a que sí?
–Me declaro culpable.
–¡Ajá! Lo sabía. ¿Y por qué no lo hiciste?
–Pensé que no te gustaría.
–Entonces, ¿por qué no me besas ahora?
–Shea…
–Gallina.
Reese se rió.
–Espero que mañana también seas capaz de tener sentido del humor.
–¿Por qué?
–Vas a necesitarlo.
–No. ¿Por qué no me das un beso?
–Has bebido demasiado. No me gusta aprovecharme.
–¿Aunque te dé permiso?

–Sobre todo si me das permiso. En estos momentos, no razonas con claridad.

–Estoy segura de que como se llame me habría besado.

–¿Luke? –dijo Reese–. Probablemente habría hecho mucho más que besarte. Con o sin tu permiso.

–¿Tú crees?

Reese la miró y se sorprendió al ver que sonreía. Estaba comparándolo con Luke y disfrutaba haciéndolo.

–Eres simpática, ojos bonitos –la sentó en el sofá–. Pero no eres mi tipo.

Reese se arrepintió de sus palabras al instante. Sobre todo cuando vio la expresión de dolor en los ojos de Shea. Se sentó a su lado y agarró el plato donde estaba la mitad del sándwich.

–Vamos, ojos bonitos. Te sentirás mejor cuando te termines esto. Y confía en mí. Mañana te alegrarás de que no te haya besado.

Ella lo miró durante un momento y agarró el plato.

–Me parece que ya me alegra que no lo hayas hecho.

Capítulo Seis

Se sentía como un canalla. Y no parecía que fuera a dejar de sentirse así. Shea seguía sentada en el sofá. Él se había ido a la cocina mientras ella terminaba de comerse el sándwich pero, ¿cuántas veces podía limpiar la encimera sin quedar como un idiota?

Un idiota celoso.

No le había gustado la idea de que ella hubiera pensado en besar a Luke Tucker. Después de todo, la había tenido entre sus brazos momentos antes. Y un hombre tenía su orgullo. Además, no le gustaba que una mujer tomara por tonto a un hombre. O mejor dicho, a dos. Lo había visto hacer muchas veces, durante los circuitos de rodeo. Y había formado parte de ese tipo de trío demasiadas veces.

Aunque aquella noche no había pasado nada parecido, la situación había hecho que recordara algunas cosas del pasado. No tenía nada que ver con Shea. Ella era demasiado discutidora, mandona y remilgada. Shea Alexander no se parecía al tipo de mujer que él deseaba tener a su lado, una mujer como Natalie, por ejemplo. Al pensar en Natalie recordó que llevaba varios días pensando en escribirle una carta, pero desde que Shea había llegado al rancho, había pasado el tiempo tratando de mostrarle el trabajo y de no perder puntos en su lucha de poderes.

Sí. Eso era. Poder, no celos.

Consciente de que debido a una de sus debilidades le habían herido el orgullo, decidió salir a pedirle una disculpa.

–Shea…

–Creo que voy a irme a casa –dijo ella, y se puso en pie–. No quiero molestarte más.

–No molestas. Shea, escucha…

–No. Prefiero marcharme. Si crees que no soy capaz de conducir el coche de Belle hasta la puerta de la casa, iré caminando. De un modo u otro, me voy.

–Caminaremos los dos –dijo él, y abrió la puerta.

Una vez fuera, Shea respiró hondo para despejarse. Caminaron en silencio durante unos minutos, hasta que Reese la agarró del brazo y la detuvo.

–No voy a permitir que entres en casa hasta que no te pida disculpas.

Ella no lo miró.

–No tienes que disculparte por nada.

–He sido un grosero.

–Simplemente has sido sincero. Algo loable.

–¿Quieres dejar de disculparme? He herido tus sentimientos y lo siento. Pero es que cuando me preguntaste que por qué no te había besado y dijiste que Luke lo habría hecho… Bueno, digamos que pensé que estabas coqueteando.

–¿Coqueteando? ¿Yo?

–Sí. Y no tolero que una mujer juegue con un hombre utilizando a otro.

–¿Yo? Creías que…

–Permití que mis prejuicios controlaran mis palabras. Eras un blanco fácil. Lo siento.

–No puedo creer que pienses que trataba de coquetear. ¿Aunque te pregunté que por qué no me besabas?

Él miró al suelo.

–Podía ser parte de tu juego.

–Alguien... Alguna mujer te ha roto el corazón, ¿no es así?

–No. Todavía lo tengo entero. Y me aseguraré de que la mujer a la que se lo entregue sea digna de confianza.

–¿Y servil?

–¿Qué?

–Eso es lo que quieres, ¿no es así? Una mujer que crea que eres maravilloso.

–Bueno, claro...

–Que crea que tus opiniones son ciertas. Y que considere que la igualdad de género consiste en desear tener relaciones sexuales tan a menudo como tú.

–Nunca he dicho nada de eso, y...

–Por supuesto que sí, pero no tan claramente. Admítelo. Eres un hombre con sangre en las venas.

–Es cierto, pero...

–Y has admitido que pensaste en besarme cuando se cayó la cama. Pero no lo hiciste.

–Sí.

–¿Y por qué no? Porque no soy tu tipo. Tengo opiniones propias. Nadie tiene la verdad absoluta. Y en cuanto a la igualdad, tu definición y la mía están a años luz –levantó las manos en gesto de rendición–. A las pruebas me remito. No soy tu tipo. Es decir, no soy una mujer que bate las pestañas y tiene el cerebro lleno de burbujas. Por tanto, era una pérdida de tiempo tratar de besarme.

–Ésa es la lógica más absurda que he visto nunca. Incluso pensaría que querías que te besara.

Ella lo miró.

–¿Es así?

–¿El qué?

–¿Quieres que te bese?

–Sí.

–¿Y por qué diablos no empezaste por decir eso? –la tomó entre sus brazos y la besó en los labios.

Shea notó que una fuerte ola de calor invadía su cuerpo. Un calor explosivo. No estaba preparada para tanto placer.

En el momento en que sus labios se encontraron, Reese supo que estaba perdido. La abrazó con fuerza para sentir sus caderas y le acarició el cabello. No podía dejar de besarla. Cuanto más la besaba, más la deseaba. Quería poseerla.

Shea rodeó su cuello con los brazos para sentirlo más cerca. La cabeza le daba vueltas. Por primera vez en su vida, estaba fuera de control. Se rozó contra él y gimió al sentir un fuerte placer.

Al cabo de un momento, Reese se separó para tomar aire, sorprendido por la intensidad de sus besos. Se miraron en silencio.

Cuando Reese la soltó, ella dio un paso atrás.

–Shea...

–¿Por qué? –no estaba segura de si hablaba con él o consigo misma. ¿Por qué la había besado? Y ¿por qué deseaba que lo hiciera si sabía que ella no era lo que él buscaba?

Porque lo deseaba. Deseaba a Reese Barret. Desesperadamente. Sexualmente.

Él dio un paso hacia delante y ella dio otro hacia atrás.

–¿Por qué no me besaste cuando estaba bebida? –susurró–. Habría sido mucho más fácil –se volvió y corrió hasta la casa.

Reese la dejó marchar. ¿Qué diablos había sucedido? Estaban discutiendo y, al minuto, estaba devorándose el uno al otro. Negó con la cabeza. Nunca había compartido un beso como ése. Con Shea, había sentido algo que nunca había experimentado antes. Y no le gustaba la idea de que una mujer tuviera un efecto tan poderoso sobre ella.

–Qué locura –murmuró él, y regresó hasta su casa. No quería ni imaginar cómo sería el día siguiente.

Shea despertó con dolor de cabeza, pero no tenía mucho que ver con la cantidad de vino que había tomado la noche anterior.

–Estupendo. Le suplicaste que bailara contigo y, después, te abrazaste a él como si fueras papel de crepé –se amonestó en voz alta al recordar lo sucedido.

Gruñó, se dio la vuelta en la cama y se cubrió el rostro con la almohada. «Oh, no», pensó. «Otra vez, no».

No podía creer que se hubiera comportado de esa manera. ¡Y menos con Reese! Era evidente que no podía beber alcohol. Disgustada, se sentó en la cama y se pasó la mano por el cabello.

–Oh, cielos, ¿anoche me comporté como una idiota?

De pronto, recordó que Reese la había besado y que ella le había rodeado el cuello con los brazos. El beso había sido…

«Oh, no». Recordaba que se había comportado como una gran idiota. Habría sido más fácil si él la hubiera besado cuando estaba bebida. De ese modo, podría excusarse diciendo que no recordaba nada.

Había sido maravilloso. Como en un sueño. Un sueño muy erótico, pero sueño al fin y al cabo.

Y ella le había pedido que la besara. Ésa era la realidad. Y el mundo de Shea se basaba en la realidad y tenía poco espacio para los sentimientos. Pero la realidad era que deseaba a Reese Barret, a pesar de su actitud machista. No tenía sentido, y sabía que no llegaría a nada por el simple motivo que él le había dado la noche anterior.

Ella no era su tipo.

Suspiró con resignación, salió de la cama y se dirigió a la ducha. ¿Cómo iba a manejar aquella situación sin provocar que empeorara? Cuarenta y cinco minutos más tarde, se dirigió a la bodega, preparada para enfrentarse a Reese. O en eso confiaba.

Hacia las nueve y media estaba hecha un manojo de nervios. ¿Dónde estaba Reese?

–Seguro que se está haciendo de rogar, para que me muerda las uñas esperando a que llegue. El muy cretino.

A las diez y media, todavía no había llegado. Shea había ensayado cientos de veces lo que podía decirle cuando llegara. Entretanto, se dedicará a estudiar algunos informes de la bodega.

–Buenos días –dijo Reese desde la puerta, minutos más tarde.

–Siento no haber llegado antes, pero tuve que solucionar un problema del rancho.

–Ah, no pasa nada. Ni siquiera me había dado

cuenta de que no estabas –mintió–. Estaba absorta con este informe.

–¿Impuestos?

–Sí. Muy complicado.

–Y ni siquiera te habías dado cuenta de que no estaba.

–No. ¿Debería haberlo hecho?

Reese la miró.

–Bueno…

–¿Qué?

–Que estaba preocupado por si estabas avergonzada por haberme besado anoche.

–¿Qué yo te besé? Creo que te equivocas.

–No desde mi punto de vista.

–Fuiste tú quien me besó.

–Porque me lo pediste.

Shea tragó saliva.

–Está bien, admito que bebí demasiado…

–Espera. No pretenderás emplear eso de: bebí demasiado como para recordar lo que sucedió. Porque si ésa es tu idea, puedes olvidarla –se acercó al escritorio–. Pediste que te besara y yo obedecí encantado. Después del primer beso, creo que a ninguno de los dos nos importaba quién besaba a quién. Dejémoslo en que fue cosa de los dos, ¿te parece?

–Gracias. Eres todo un caballero.

Él se sentó en una esquina del escritorio.

–¿Sabes?, he estado pensando en lo que dijiste.

–¿Qué dije?

–Que habría sido más fácil si nos hubiéramos besado cuando estabas bebida.

–Creía que lo habíamos dejado en empate.

–¿Así podrías haberme dicho que no te acordabas de nada, no?

–Siempre que cierras un tema ¿lo vuelves a abrir?

–Estoy de acuerdo en que fue cosa de los dos, pero no he dicho nada acerca de dejar el tema.

–Mira –dijo ella–. Anoche nos besamos. Me han besado otras veces, y estoy segura de que a ti también. No significa nada...

–Ah, ¿no?

–No. No significa nada y no debería haber pasado. No habría pasado si yo hubiera... Sugiero que lo olvidemos y regresemos al trabajo. Después de todo, esto es una oficina.

–Y a ti te gusta que todo trate únicamente de trabajo, ¿no es así?

–No veo nada malo en...

–Nada de sentimientos, ¿verdad? Son algo complicado. Yo me he enfrentado a ellos un par de veces. Es más fácil salir huyendo...

–¿Perdona? No he salido huyendo. Y creo que esta discusión ha terminado –cerró la carpeta y se dirigió al archivador. Cuando se dio la vuelta, él estaba frente a ella.

–Así que mi besó no significó nada.

–Lo siento si eso hace que te duela el orgullo.

–Ni siquiera te gustó, ¿verdad?

–Bueno...

–Dime que no te gustó mi beso y nos olvidaremos de todo.

–No...

–Mentirosa.

–Espera un momento...

–La verdad, Shea –se acercó tanto a ella, que estaban casi tocándose–. Sólo quiero oír la verdad.

–Reese, estuvo bien. Y admito que la idea de coquetear con un vaquero tiene su atractivo. Pero si esperas que me derrita a tus pies, lo siento, pero no va a suceder.

–No, claro.

–Yo no me preocuparía –puso una amplia sonrisa–. Estoy segura de que hay montones de mujeres dispuestas a derretirse a tus pies –lo apartó hacia un lado–. Ahora, si me disculpas, tengo mucho trabajo que hacer.

Reese la miró fijamente. No sabía si deseaba estrangularla o besarla apasionadamente. Estaba mintiendo, y ambos lo sabían. La noche anterior se había excitado entre sus brazos. Nadie fingía tan bien. No podía admitir que había disfrutado tanto como él. Y Reese empezaba a ponerse de mal humor. Si no salía de allí inmediatamente…

Shea se sobresaltó cuando oyó el portazo. Él estaba enfadado. Le había herido el orgullo y eso era imperdonable. Pero su orgullo se curaría, sin embargo, no sabía si su corazón también.

Shea se volvió para mirar por la ventana y vio que Reese se marchaba en la camioneta en dirección al rancho. Con un poco de suerte, pasaría allí el resto del día. Y ella podría fingir que no lo echaba de menos.

Reese detuvo la camioneta frente a la casa y bajó dando un portazo.

–¡Cade! –gritó.

–Sí –se oyó desde el interior del picadero.

–Hola, socio. ¿Qué…?

–Te lo suplico. Como mi mejor amigo, tienes que ayudarme.

El caballo relinchó al oír el tono alterado de Reese.

–Tranquilo –Cade calmó al animal–. ¿Qué sucede?

–Deja que vuelva a trabajar en el rancho. Mándame a arreglar la valla de la zona norte. Lo haré durante todo el año. Y si no puedes, despídeme, o dispárame para ayudarme a salir de esta miseria. Pero no me hagas trabajar con esa calculadora disfrazada de mujer.

Cade hizo un gesto para que se acercara un mozo de cuadra y se hiciera cargo del caballo.

–¿De qué diablos estás hablando? –le preguntó a Reese.

–De Shea.

–¿Qué le pasa a Shea?

–Oh, no mucho. Sólo que es la mujer más mandona y cabezota con la que me he cruzado nunca. Es una gran contradicción. Puede analizar y calcular como si fuera un ordenador, y besar como si fuera la mayor tentación del universo.

–¿Has besado a Shea?

–A ella le gustaría creer que fue así, pero la verdad es que ella me lo pidió.

–¿Qué pidió?

–Y dice que no significó nada. Mentirosa. Ella me besaba con tanta pasión, que apenas podía respirar. Y deja que te diga una cosa. La próxima vez que la bese, te aseguró que significará algo...

–¡Reese!

–¿Qué? –gritó.

–Estás furioso. Respira hondo, tranquilízate y cuéntame de que va esto.

–Shea.

–Eso ya lo sé.

–Cade, tienes que hacer algo.

–Me da la sensación de que tú ya has hecho algo.

–¿Qué?

–La has besado.

Reese apuntó a su amigo con el dedo.
–Ella me besó también.
–Ajá. ¿Me estás pidiendo opinión?
Reese puso las manos sobre las caderas.
–Sí.
–Me da la sensación de que estás loco por esa chica de Austin.

Capítulo Siete

–Estás loco.

–¿Lo estoy?

–Acabo de decírtelo ¿no?

–Eh, no te enfades conmigo. Sólo porque te sientas atraído por una bella mujer no es motivo para...

–No me siento atraído por ella.

–Entonces, ¿por qué la besaste?

–Ella me lo pidió.

–Y desde cuándo satisfaces los deseos de una mujer sin que tú lo quieras.

–¿De qué estás hablando?

–Estoy hablando de Reese Barret. Un hombre decidido que vive la vida a su manera. Un lobo solitario. ¿Cuándo has empezado a hacer cosas que no quieres hacer?

–Estupendo, vengo a pedirme ayuda y me metes más caña.

–Lo único que digo es que si no estabas interesado, ella podría haberte pedido cientos de veces que la besaras y no lo habrías hecho. Además, vi cómo la mirabas durante la cena la primera noche que estuvo aquí.

–No hay nada malo en mirar –dijo Reese, encogiéndose de hombros.

–Por supuesto que no. Yo también pienso mirarla cuando me apetezca.

–Sólo porque sea guapa no significa… –Reese dudó si contarle a Cade que se carteaba con otra mujer. Negó con la cabeza, y dijo–: No es lo que tenía pensado.

–Para qué, ¿para una compañera de cama?

–Eh, cuidado. Shea es una señorita.

Cade sonrió.

–Y ¿quién dice que las señoritas no tienen las mismas necesidades que nosotros? Yo estoy casado con una señorita y te diré que… Bueno, no te lo contaré. Tendrás que creerte mi palabra. Belle es toda una mujer.

–No estoy tan seguro de que Shea también lo sea. Es una ejecutiva.

–Y tú quieres una mujer dulce que permanezca a tu lado, guiándose por tus consejos y permitiendo que tomes tú las decisiones.

Reese se apoyó contra la valla del picadero. Las palabras de Cade se parecían mucho a lo que le había dicho Shea.

–No es exactamente así. Quizá, lo que quiero es a alguien parecida a Belle.

Cade soltó una carcajada.

–¿Quieres contarme qué es lo que te parece tan divertido? –preguntó Reese.

–¿Estamos hablando de la misma Belle? Belle Farentino McBride, ¿mi esposa?

–Por supuesto. Es bella e inteligente. Amable y encantadora, pero no tiene miedo de luchar por lo que cree. Y te quiere con locura, aunque nadie comprenda por qué.

–¿Te estás escuchando? Todo lo que acabas de contarme sobre Belle se aplica a Shea. Excepto lo de que me quiera, por supuesto. ¿Por qué crees que son tan amigas desde hace años? Son muy parecidas.

–Pero yo no discuto con Belle –murmuró Cade–. Trabajamos muy bien juntos.

–Ahora. Pero sé sincero, en un principio, cuando Caesar Farentino estaba vivo, no era así –le recordó Cade–. Igual que Belle y yo discutíamos al principio. De hecho, todavía discutimos como el perro y el gato de vez en cuando. Y ya ves cómo hemos terminado.

–Pero Shea no es como...

–¿La mujer que creías que querías a tu lado?

–Sí.

–Bienvenido al club. Me conoces de casi toda la vida. ¿Creías que iba a terminar con una mujer como Belle?

–No.

–Pues eso.

–Desde luego, luchaste por ella.

–Como un pecador a las puertas del infierno. Al principio sobre todo. Incluso me fui a Denver porque me enfadé con ella.

Reese sonrió al recordar los comienzos de aquella relación.

–Te echó de aquí con una escopeta.

–Pero regresé.

–Sabía que lo harías. Nunca en tu vida has incumplido una promesa.

–No regresé por eso –admitió Cade–. No tenía elección.

–¿Qué quieres decir?

–No podía dejar de pensar en ella. Sabía que no era lo bastante bueno para ella, pero me había atrapado. Nunca había estado enamorado, y no estaba seguro de cómo me tenía que sentir. Regresé para averiguarlo.

–¿Y cómo lo supiste?

–Fue fácil. Cuánto más estaba con ella, más deseaba quedarme con ella. Cuidarla, protegerla. Por no mencionar que no soportaba la idea de que otro hombre la tocara. Cuando por fin me di cuenta de la verdad, comprendí que no había sido este lugar el que me había hecho pensar en el matrimonio, sino Belle. Pero era demasiado cabezota como para admitirlo.

–Nunca me habías mencionado esto.

–Diablos, Reese. ¿Qué querías que hiciera? ¿Invitarte a tomar el té y contarte mis intimidades?

Ambos se rieron.

–Por supuesto, tardé un poco en convencer a mi querida Belle. Pero cuando decidió darle una oportunidad a este vaquero, lo dejó asombrado –Cade colocó la mano sobre el hombro de Reese–. Hay algo que debes recordar acerca de las mujeres como Belle y Shea.

–¿El qué?

–Son igual de cabezotas que nosotros.

–Dime algo que no sepa.

–Bueno, te diré otra cosa. Tienes que averiguar si ese beso fue algo más que un capricho pasajero. Y si Shea es más mujer de lo que esperabas.

«Quizá Cade tenga razón», pensó Reese mientras regresaba a su camioneta. Quizá había llegado el momento de ver si el motivo de que Shea lo afectara tanto tenía que ver con la atracción más de lo que él pensaba. ¿Pero cómo podía descubrirlo si ella actuaba como una osa herida cada vez que él se acercaba?

Reese sonrió. A la mayoría de los osos les encanta la miel.

Shea fue a la oficina de correos de Sweetwater Springs, esperando encontrar un sobre de *Texas Men* en el buzón. Después del enfrentamiento que había tenido con Reese aquella mañana, le sentaría bien tratar con otros hombres sin tanta implicación personal. Al ver que sí había un paquete, se alegró. Salió de la oficina y se sentó en un banco de la calle. Abrió el sobre, lo colocó boca abajo y sacó varias cartas.

Todos le habían escrito excepto el señor Serio.

Una carta de él la habría ayudado a recuperarse. Él solía hablarle sobre cómo amaba la tierra donde vivía y cómo deseaba mantener una relación sincera con una mujer. Ella siempre se sentía más contenta después de leer sus cartas, y en aquellos momentos, no le habría venido mal.

Decepcionada, metió las cartas en su bolso y decidió que las leería por la noche. Cuando se puso en pie, el viento se llevó el sobre grande que tenía bajo el brazo.

–Maldita sea –dijo, y comenzó a perseguirlo por la calle.

Al cabo de un momento, uno de los tres hombres que estaban sentados en otro banco del parque, pisó el sobre para que no continuara avanzando.

–¿Es suyo, señorita? –preguntó, recogiendo el sobre del suelo.

–Sí, muchas gracias.

Los tres hombres se pusieron en pie.

–Me llamo Alvin Delworthy –dijo el hombre que tenía el sobre–. Y éstos son Smitty Lewis y Walt.

–Caballeros, encantada de conocerlos.

–¿No es usted la amiga de Belle McBride que ha venido de Austin? –preguntó Smitty.

–Sí, soy yo.

–Hemos oído que ha venido a ayudar. Sin duda es una buena amiga –comento Walt.

–Sí. Bueno... –Shea odiaba ser desagradable, pero no quería pasarse allí todo el día–. Gracias por la ayuda.

–Un placer –dijo Smitty–. Hemos visto que salía de la oficina de correos y que el viento se llevaba un papel. A veces hay rachas muy fuertes...

–Ya me he dado cuenta. Bueno, gracias otra vez –estiró la mano para que le dieran el sobre.

–Ah, sí –dijo Alvin. Miró la etiqueta del remite y después a Shea.

Ella se sonrojó.

–Gracias otra vez. Y, adiós –agarró el sobre, y lo guardó en el bolso.

Los hombres tendrían tema de conversación durante días.

«Ya sólo me queda una situación embarazosa en el día de hoy», pensó, preguntándose cómo se enfrentaría a Reese durante la cena. Podía imaginar la cara que pondría cuando Belle le preguntara cómo había ido la cata del día anterior.

Quizá podía fingir que tenía dolor de cabeza.

–Cobarde –se dijo en voz alta, mientras conducía de regreso a la bodega–. Fuiste una cobarde al decirle que no pensabas derretirte a sus pies. Qué mentira. Empezaste a derretirte en cuanto sus labios te rozaron, y lo sabes.

Pero saberlo y hacer algo al respecto eran dos cosas muy diferentes.

Nada más llegar a la bodega se dirigió a la habitación de Belle. Se alegró al verla tranquila y descansada.

–Te ha sentado de maravilla estar un par de días en la cama –dijo Shea–. ¡Tienes un aspecto estupendo!

–Me encuentro muy bien. Y probablemente debería avergonzarme de que Cade y Posey me cuiden tanto, pero es demasiado agradable como para no permitirlo.

–Entonces, no lo hagas. Te quieren, así que deja que te mimen. Por cierto, ¿dónde está todo el mundo?

–Reese ha salido con Cade. Hemos comprado un toro nuevo y han ido a verlo.

–Ah –dijo Shea.

–Me informó sobre tus avances. Pero vamos, no es que yo lo necesitara.

–¿Ah, sí?

–Sí. Dijo que le sorprendía lo rápido que captabas todo. Y que ayer disfrutaste de la cata de vino y que encajaste bien con todo el mundo.

–Es algo muy generoso por su parte –dijo Shea, tratando de disimular al pensar en lo que había sucedido en realidad.

–Creo que lo has impresionado.

–Uy, no iría tan lejos.

–No, en serio…

Al oír voces masculinas en el pasillo, Shea enderezó los hombros y se preparó para sonreír y para interpretar el papel que Reese le había dado.

Los dos hombres entraron en la habitación. Reese se detuvo en la puerta y no dijo nada. Cade se acercó a su esposa y la besó.

–Hola, cariño. Estaba diciéndole a Reese que debería llevar a Shea a conocer el rancho. ¿Qué te parece, Shea? –preguntó Cade.

–Bueno, yo…

–Sabes montar a caballo, ¿no?

–Yo, hum…

–Si no sabe, le enseñaré.

Shea volvió la cabeza. Reese la estaba mirando, pero no fue capaz de interpretar su mirada.

–Oh, no… Quiero decir, no será necesario. Sé montar.

–Bien –dijo él.

–Yo me alegraré cuando pueda montar otra vez –dijo Belle, y se acarició el vientre.

Cade le agarró la mano.

–Y yo enseñaré a lo que haya aquí dentro a montar.

–Vaya manera de hablar de tu hijo…

–O de mi hija –sonrió Cade.

–Bueno, me voy al piso de arriba –dijo Shea, y se dispuso a salir de la habitación.

–Reese –dijo Belle–. No estéis mucho rato por ahí para no agotarla. No te olvides de que mañana es la cena y el baile.

–Está bien –Reese salió detrás de Shea.

Cuando ella llegó a las escaleras, se volvió para mirarlo.

–Mira, sé que te has ofrecido a llevarme al rancho para complacer…

–¿Hace cuánto tiempo que no te subes a un caballo?

–Era socia de un club de hípica hasta hace un par de meses, pero…

–¿A las nueve de la mañana te parece bien?

–Sí, pero...

–Ah, sí. Llévate un sombrero. Tu piel clara no durará mucho aquí –se volvió hacia la puerta.

–¡Espera!

Él se detuvo y se dio la vuelta.

–Uh... ¿Y qué pasará con la bodega?

–Sobrevivirá un par de horas sin nosotros.

–Ah.

Sin decir nada más, Reese salió de la casa.

Al día siguiente, Shea se dirigió a la cocina para tomar un café antes de que llegara Reese.

Reese estaba sirviendo dos tazas de café cuando Shea entró en la cocina. Se fijó en lo sexy que estaba, y en que parecía nerviosa. Él deseó olvidarse de todo y besarla en los labios. Atravesó la cocina y le entregó una taza de café.

–Buenos días.

–Gracias. Buenos días –dijo ella.

–¿Tienes hambre? –al ver que ella negaba con la cabeza, insistió–. ¿Seguro? Hay una bandeja llena de galletas en el horno.

–No gracias –le mostró el café–. Con esto voy bien.

Él se sentó en un taburete y se bebió el café, sin dejar de mirarla.

–Reese, yo, hum... Esto no es necesario.

Él no dijo nada, sólo la miró en silencio.

–Comprendo que tengamos que mantener las apariencias delante de Belle. Y quizá delante de Cade, pero no tenemos que seguir fingiendo cuando sólo estamos los dos. Sé que no te caigo muy bien...

–Nunca dije tal cosa.

–Bueno, después de lo de ayer pensé...

–Eso fue ayer.

–No comprendo.

–Digamos que hoy estás tratando con un hombre diferente. El nuevo y mejorado Reese Barret. ¿Crees que sabrás tratarlo?

«¿Nuevo y mejorado? ¿Qué quiere decir?».

–Ah. Claro.

–¿Quieres más café?

Ella negó con la cabeza. Reese se sirvió otra taza, como si no tuviera prisa por salir.

–¿Tenemos que ir a un sitio concreto? ¿O vamos a montar hacia donde nos dé la gana? –preguntó ella, para dar conversación.

–Las dos cosas. Vamos a ir al rancho O'Brian para dar un recado. Está como a tres millas de aquí.

–¿Tres millas? ¿Viven en las tierras de los McBride?

–No. Aunque su finca es del tamaño de este rancho, sus tierras tienen forma de cuña. Su casa está en la punta, así que son nuestros vecinos más cercanos. Cade le compró un toro a Case O'Brian y yo voy a llevarle el cheque.

–Ya veo.

–Cuéntame eso del club de hípica.

–Oh, no es nada especial. Mi empresa patrocina un equipo de polo. Yo jugué un poco, y luego perdí interés.

–¿Al polo? Entonces, ¿tres millas no es muy lejos para ti?

–No.

–Bien. ¿Estás lista?

–Tú primero.

–Un placer –contestó él con una sonrisa.

Mientras se dirigían al establo, Shea se preguntaba cómo sería el nuevo Reese Barrett. Al menos, con el antiguo sabía por dónde iban los tiros.

Reese preparó una yegua que se llamaba Dolly para Shea, y un semental para él.

–Eres un encanto –dijo Shea, acariciando al animal.

–Mientras brilla el sol –dijo Reese.

–¿Qué tiene que ver el sol?

–Dolly es dócil como un corderito mientras no haya tormenta. No le gusta estar encerrada cuando hay rayos y truenos. Se vuelve loca. Ya ha roto la puerta del establo un par de veces para escapar –al ver que Shea miraba el cielo raso, añadió–: No te preocupes, el hombre del tiempo ha dicho que no va a llover hasta mañana por la tarde o pasado mañana. E incluso eso puede no ser cierto –se subió al caballo y salieron de allí.

Al cabo de unos minutos, Reese empezó a galopar. Shea no tuvo problema para seguir su ritmo. Casi se había olvidado del sentimiento de libertad que se experimentaba al montar a caballo.

Durante casi todo el camino cabalgaron en silencio y, al cabo de una hora, atravesaron la valla del rancho O'Brian. Al acercarse a la casa, un hombre de unos cincuenta años salió a recibirlos.

–No me dijiste que vendrías a caballo –dijo el hombre.

–Case, ésta es Shea...

–No hace falta que me digas quién es. La mayoría de los hombres de la zona ya saben quién es, señorita Alexander. Yo soy Case O'Brian.

–Señor O'Brian... –le estrechó la mano.

–Llámame Case, por favor. Y no sabía que eras tan guapa, si no me habría presentado antes.

–Es un charlatán –dijo alguien por detrás.

Shea vio a un joven muy parecido a Case en el porche.

–Mi hijo Devlin. Dev, ésta es Shea Alexander.

–Un placer –Devlin le estrechó la mano.

–Eh, Dev –dijo Reese–. No sabía que habías regresado.

–Llegué a casa antes de ayer –dijo él, mirando a Shea de arriba abajo–. Pero ahora pienso que me habría gustado venir antes. ¿Por qué no pasáis a tomar un té helado? –agarró a Shea del brazo y comenzó a guiarla hacia la casa.

–Oh, no, no queremos molestar.

–No sois una molestia.

Shea se fijó en la sonrisa de Dev y pensó que era una sonrisa encantadora.

–Eres muy amable, pero...

Reese se interpuso en el camino.

–Lo siento. No podemos quedarnos. Quizá en otra ocasión.

Shea se sorprendió al oír la brusquedad de sus palabras. Sin duda, era un hombre impredecible.

–Qué lástima –dijo Devlin–. Mañana me voy a Alaska y, desde luego, me habría gustado conocer mejor a Shea.

Reese no podía soportar que todavía estuviera sujetándole la mano.

–Sí. Dev es un trotamundos. Nunca se queda mucho tiempo por aquí –sacó un sobre del bolsillo de su camisa y se acercó a Shea. Colocó una mano en su espalda y la separó de Dev–. Supongo que será mejor que regresemos.

Sorprendida, y un poco avergonzada por el comportamiento de Reese, Shea se adelantó unos pasos.

–Case, Dev, ha sido un placer conoceros.

Reese la ayudó a subir al caballo.

–Un placer hacer negocios contigo, Case.

–Lo mismo digo. Dile hola a Cade y a la encantadora Belle.

–Lo haré –Reese dirigió el caballo hacia la puerta, y le dijo a Shea–: Pasa tú.

Acababan de dejar atrás el rancho O'Brian cuando Shea detuvo el caballo de golpe. Estaba furiosa.

–¿Qué ocurre? –preguntó Reese, deteniéndose a su lado.

–¿Qué ocurre? No puedo creer que me hagas esa pregunta. Lo que ocurre es que tienes muy malos modales. El nuevo y mejorado Reese... Has sido muy maleducado con Devlin O'Brian.

–¿Maleducado? ¿He sido maleducado? Ese hombre no te soltaba y el maleducado soy yo.

–Sí.

–Estaba prácticamente babeando.

–Era muy simpático.

–No me hagas reír. Conozco a Dev de toda la vida. Saca su encanto de la misma manera que otras personas sacan el agua del grifo.

–Pues es una pena que no se te contagiara un poco –desmontó del caballo y comenzó a caminar.

–¿Qué haces?

–Necesito caminar. ¿Te importa?

Reese desmontó también y la agarró del brazo. Ella se soltó.

–Pues sí. Primero me dices que te bese. Después, me dices que no significó nada. Y hoy permites que un extraño te manosee.

–Eso no es cierto. Sólo me ha agarrado la mano.

–Si le hubieras dado la oportunidad, habría hecho mucho más que sujetarte la mano.

–¿Qué significa eso?

–Averígualo –dijo él. Agarró las riendas de su caballo. Era él quien necesitaba caminar en esos momentos.

Shea salió corriendo tras él.

–¿Me estaba tirando los tejos?

–¡Claro que te estaba tirando los tejos! Y tú estabas encantada. Por supuesto, no es asunto mío. Ya eres mayor de edad.

Santo cielo. Reese deseaba que Shea le sonriera de la misma manera que había sonreído a Dev. ¿Estaba celoso? Pues sí, lo estaba. Quería ser él quien le diera la mano. Y quería tenerla entre sus brazos, en la cama.

–Lo hacía de manera tan sutil, que ni siquiera me percaté.

–Sí, bueno... Tiene mucha práctica.

–¿Así que tratabas de protegerme?

–Algo así.

–Supongo que te debo una disculpa.

–Olvídalo.

–No, yo...

–Cállate, ¿quieres? Cállate para que pueda hacer esto –colocó la mano detrás de su nuca y la besó en los labios.

Al cabo de un instante, Shea respondió igual que había hecho la primera vez que se besaron. Notó que su cuerpo se llenaba de deseo. Un deseo fuerte y sobrecogedor.

Él no conseguía saciarse. Deseaba sentirla más cerca, así que la abrazó hasta notar sus senos apretados contra su pecho. Pero no fue suficiente. Nunca se había sentido tan bien con una mujer entre sus brazos.

Shea notaba que el corazón le latía a mil por hora, como si fuera a salírsele del cuerpo. Nunca había imaginado que podría desear de esa manera. Y era una pena que fuera Reese quien le había provocado esos sentimientos. No se parecía en nada al hombre que ella esperaba tener a su lado. Sin embargo, él era todo lo que necesitaba.

–Estoy confundida –susurró ella cuando se separaron.

–No eres la única –la besó en el cuello.

–Creía que no nos llevábamos bien.

–Lo sé –le mordisqueó el lóbulo de la oreja y ella gimió.

–Pero...

–He cambiado de opinión.

–Ayer dijiste...

–Ayer dije muchas cosas –le acarició los labios con los suyos–. Y tú también.

–Esperabas que... –él la agarró por las caderas y la atrajo hacia sí–. Mmm, esperabas que me derritiera a tus pies.

–Lo de que te derritas lo has comprendido bien. Pero no a mis pies, sino en mi cama.

Capítulo Ocho

Reese había conseguido complicar las cosas.

Estaba frente a la ventana de su despacho mirando cómo plantaban una viña nueva, recordando cómo apenas ocho horas antes le había dicho a Shea que quería tenerla en su cama. Durante unos instantes, ambos se habían quedado sin habla. Él, por haberle dicho tal cosa. Ella, tratando de asimilar sus palabras. Al final, ella le había dicho que no estaba segura de lo que sentía por él. ¿Y cómo había reaccionado Reese? Besándola de nuevo y diciéndole que no estaba dispuesto a abandonar, que insistiría hasta conseguirla. Y ella lo había mirado como si hubiera perdido la cabeza.

Reese puso una mueca al recordar lo sucedido. Nunca le había dicho una cosa así a una mujer. Pero era cierto que nunca había conocido a una mujer como Shea. De algún modo, tenía que convencerla de que podían tener una buena relación. Nunca había tenido que convencer a una mujer de algo así, y se preguntaba si no sería eso lo que le daba más atractivo a la situación. ¿Era sólo una cuestión de orgullo? No lo creía, pero era posible.

Y también estaba el tema de los celos.

Ya era la segunda vez que sentía ganas de atacar a un hombre simplemente porque había mostrado interés en Shea. A Luke Tucker se lo había quitado del medio con facilidad, pero Dev era algo diferente. Si no hubiera retirado a Shea de su lado, no estaba seguro de lo que habría pasado. Probablemente le habría dado un puñetazo.

Todo aquello era una locura. Shea lo volvía loco, pero él no podía dejar de pensar en ella, de desearla.

De pronto, las palabras de Cade invadieron su cabeza.

«No podía dejar de pensar en ella, de desearla... Cuanto más estaba con ella, más deseaba quedarme con ella. Cuidarla, protegerla. Por no mencionar que no soportaba la idea de que otro hombre la tocara».

Aquellas palabras cobraron sentido en el acto.

¿Estaba enamorándose de Shea?

Reese negó con la cabeza. No tenía sentido, pero cuanto más pensaba en ello más contemplaba la posibilidad de que fuera verdad.

Regresó al escritorio pero no consiguió concentrarse. El tema de Shea había tomado las riendas de su vida. Nada le parecía tan importante como ella.

«Excepto una cosa», pensó, dando un suspiro, «Natalie».

Natalie, la mujer perfecta. A través de la correspondencia había llegado a apreciarla mucho, y lo justo era que le escribiera una última carta explicándole lo que le había sucedido. Lo de Shea. Y aunque ella no lo quisiera, Reese sabía que, después de aquello, nunca sería feliz con Natalie.

Se sentó en el escritorio y comenzó la carta. Las palabras fluían con naturalidad, y Reese estaba seguro de que Natalie lo comprendería. Porque ella comprendía la soledad. Él esperaba que ella encontrara al hombre de sus sueños. Se lo merecía.

Satisfecho por haber cortado la relación con la mayor delicadeza posible, cerró el sobre y lo guardó en el bolsillo.

Ya era libre para encontrar la manera de convencer a Shea de que él era mejor de lo que ella creía.

Y el baile de la asociación de agricultores que se celebraba esa noche era un buen lugar para empezar. Buena comida, compañía agradable y música. Y quizá, con las palabras acertadas, encontrara la combinación perfecta para un romance.

–De veras, no creo que sea apropiado que vaya.

–No seas tonta –insistió Belle–. Yo no puedo ir. Y es una lástima que el pobre Reese vaya solo cuando podría ir acompañado por una bella mujer.

–No se me dan bien los eventos sociales. Tengo una idea. Reese y Cade pueden ir en representación de la bodega, y yo me quedaré contigo en casa.

–Eso es ridículo. Primero, Cade no se separará de mí. No sé qué es peor, si estar confinada en la cama o tenerlo a él como cuidador. Segundo, le dijiste a Reese que irías. Es demasiado tarde para echarte atrás.

Atrapada, así es como se sentía Shea. Después de la excursión al rancho O'Brian había pasado el resto del día tratando de evitar quedarse a solas con Reese. Sin embargo, cada vez que se daba la vuelta lo encontraba detrás. Y además, no encontraba la manera de no tener que acompañarlo al baile.

–¿Qué te vas a poner? –preguntó Belle.

–No tengo ni idea. No creo que haya traído nada adecuado.

–No te preocupes –se rió Belle–. Tengo un armario lleno de ropa elegante que no me puedo poner. La mayoría te quedará larga, y tienes un poco menos de cadera que yo, pero... Ah, ya sé. Hay un vestido azul que te quedará perfecto. Es nuevo. Y no tuve la oportunidad de estrenarlo antes de quedarme embarazada. Por qué no te das un baño relajante y, cuando termines, subiremos al piso de arriba y...

–Sobre mi cadáver –dijo Cade desde la puerta–. Cariño, no vas a pisar la escalera.

Belle se encogió de hombros.

–Me han pillado.

–Sin duda.

–Si no hubieras protestado –le dijo Shea a Cade–, lo habría hecho yo.

–Dos contra uno. Reconozco cuándo no tengo escapatoria. Por favor, ponte lo que más te guste.

–¿Estás segura? No es necesario que vaya.

–Sí lo es. Reese espera que lo acompañes –añadió Cade.

–No estaría tan segura. Está bien, iré a ver tu armario.

–Y baja para que te vea antes de que te recoja Reese, ¿quieres?

–Claro.

Shea se dirigió al piso de arriba. Se duchó y se puso un poco de maquillaje. Después, abrió el armario de Belle, sin entusiasmo. No le gustaba la idea de pasar la noche con Reese, sabiendo que él deseaba hacerle el amor.

–Rectifico. Nada de hacer el amor, lo que quiere es acostarse conmigo –dijo en voz alta.

Dejó el cepillo que había utilizado para hacerse una trenza y se acercó a la ventana para mirar las nubes. Reese no había mencionado la palabra amor.

Lo que quería era acostarse con ella. Sexo. Y probablemente, fuera sexo maravilloso, pero nada más.

–Entonces, ¿cuál es el problema? Es tu oportunidad para adquirir experiencia en el tema.

¿Y por qué no iba a hacerlo? Después de todo, ya era hora de que empezara a vivir la vida en lugar de soñar con vivirla. No había nada de malo en disfrutar de una relación sexual con un hombre. Y Reese parecía el candidato perfecto. Ambos eran adultos y podían hacer lo que quisieran.

Era sencillo. Sólo tenía que decir: ¿Un revolcón sobre la paja? Por supuesto. No significa nada.

Pero sabía que había algo más. Por ejemplo, lo que sentía por Reese. El hecho de que se hubiera enamorado de él. Y no había nada que pudiera hacer para evitar que le rompieran el corazón. Reese se lo había dejado claro: quería llevarla a la cama, no al altar.

No era que esperara que le declarara amor eterno, pero no le importaría que primero le susurrara algunas palabras bonitas al oído.

¿Primero?

Parecía que ya había tomado la decisión de acostarse con él.

Era la primera vez en su vida que se dejaría llevar por sus sentimientos y que no permitiría que la lógica se interpusiera en sus actos.

Además, ya tendría tiempo para la lógica cuando regresara a Austin. Alejada de Reese, tendría todo el tiempo del mundo para reflexionar. ¿Y para arrepentirse? Probablemente. Quizá. Sinceramente, sabía que si hacía el amor con Reese se le partiría el corazón. Y era consciente de que si llevaba a cabo aquella decisión, conociendo sus consecuencias, era una idiota. Pero quizá los idiotas tenían una ventaja sobre el resto del mundo. Quizá vagaban por la vida, disfrutando de la felicidad allí donde la encontraban. Y para alguien que había pasado la vida actuando según lo establecido, aquello era el equivalente a haber encontrado la libertad.

Decidió disfrutar de aquello mientras durara. Sin arrepentirse. Por una vez en la vida, iba a ser una mujer corriente, enamorada.

Shea jamás se había puesto algo parecido al vestido azul de Belle. Era muy corto y la tela se pegaba a su cuerpo como una segunda piel. La espalda y los brazos quedaban al descubierto, así que no podía ponerse sujetador. Y puesto que Shea estaba bastante bien dotada, la parte delantera resultaba llamativa. Se miró en el espejo y el pánico se apoderó de ella. No podía llevar algo tan descarado, aunque hubiera decidido acostarse con Reese. Se cambió de ropa y se puso un traje de chaqueta, pero Belle insistió en que no era nada adecuado y la mandó al piso de arriba para que se pusiera otra vez el vestido.

–Menos mal que tiene chaqueta –dijo Shea mientras metía los brazos. Agarró un bolso negro del armario y se dirigió al piso de abajo.

Cade estaba en el recibidor abriendo el correo. Al oírla bajar por las escaleras, se volvió y se quedó boquiabierto.

–Madre mía.

–Es demasiado corto, ¿verdad? Debería cambiarme, ¿a que sí?

–Sólo si no quieres que a la mitad de los hombres de la fiesta les dé un ataque al corazón –silbó, mirándola de arriba abajo–. Conseguirás que los hombres tartamudeen y que las mujeres se mueran de envidia.

–¿De veras? Entonces, ¿me queda bien? ¿Crees que a Reese le gustará?

Él sonrió.

–Confía en mí, Shea. Le va a encantar.

Llamaron al timbre y a Shea se le aceleró el corazón.

–Vas a dejarlo impresionado –le aseguró Cade, antes de abrir la puerta.

Sujetando unas flores detrás de la espalda, Reese entró en la casa.

–Buenas... –la miró fijamente–. Santo cielo.

–Buenas noches, Reese –dijo ella–. Estoy preparada.

–¿Eh? –no podía dejar de mirarla.

El vestido era... Y sus piernas... ¿Cómo era que nunca se había fijado en esas piernas?

–He dicho que estoy preparada.

–Ah... –se acordó de las flores–. Toma. Casi me había olvidado... Son para ti.

–¿Para mí?

–Por supuesto.

Nadie le había regalado flores en su vida y, durante un momento, se le humedecieron los ojos.

–Gracias. Son preciosas.

–¿Quieres que te las cuelgue en el vestido?

–No, las pondré en mi bolso.

Reese se colocó el sombrero, le ofreció el brazo a Shea y salieron de la casa.

–¿Crees que necesitaremos un paraguas? –preguntó ella, mirando al cielo.

–No he oído truenos, ni he visto rayos –dijo él mientras se dirigían a la camioneta–. Espero que no te importe ir en mi furgoneta. He intentado adecentarla un poco pero...

–No me importa –el vehículo estaba limpio como si fuera nuevo.

Reese abrió la puerta y le dio la mano para ayudarla a subir.

–Oh –dijo ella, incapaz de subir al vehículo sin que el vestido se le subiera un poco más.

–Espera –dijo él, la agarró por la cintura y la sentó en el asiento.

–Gracias –dijo ella, estirándose el vestido.

–De nada –cerró la puerta y se dirigió al lado del conductor.

Por suerte, el camino hasta Lubbock le permitiría tranquilizarse un poco. No quería dejarse llevar por las hormonas, así que condujo en silencio.

–¿Dónde se celebra la cena? –preguntó ella para darle conversación.

–El padre de uno de los miembros es J.D. Hyatt, y...

–¿El magnate del petróleo?

–Sí. Los Hyatt se han ofrecido a celebrarla.

–Deben de tener una casa enorme.

–Abarca unos cuantos acres.

Cuando llegaron, Reese le entregó las llaves del coche al aparcacoches. Shea y Reese subieron por unas escaleras de piedra que llevaba hasta un extremo de la casa. Delante había cuatro pistas de tenis, dos de ellas cubiertas por una gran carpa en la que cabían más de cien personas, una pista de baile y una banda de música. Nada más entrar, varios hombres se acercaron a saludar a Reese. Era evidente que los agricultores lo apreciaban y que se llevaba bien con todo el mundo. Al cabo de un momento, había tanta gente alrededor, que Shea quedó relegada unos pasos atrás. Aprovechó para fijarse en el aspecto de Reese. El traje le quedaba de maravilla, y la camisa blanca contrastaba con su cabello oscuro. Se parecía al hombre perfecto y, aunque sólo fuera por una noche, podía fingir que era para ella.

Como si la hubiera oídos suspirar, Reese volvió la cabeza. Durante unos segundos, se miraron fijamente y, después, él se acercó a ella.

–Lo siento. ¿Creías que me había olvidado de ti?

–No. No te disculpes. Sé que estas cosas pasan en los eventos de este tipo. No quiero entretenerte si...

–¿Quieres que deje sola a una mujer como tú? –la tomó de la mano–. Ni lo pienses. Esta noche todos los hombres estarán celosos de mí.

Shea no supo qué decir en respuesta a ese cumplido. Sobre todo después de lo callado que había ido Reese durante el trayecto. Sonrió y permitió que la guiara hasta la mesa que compartirían con otras tres parejas. Durante la cena, a Shea le costó concentrarse en la conversación. Reese estaba a su lado y, de vez en cuando, se acercaba a ella para preguntarle si la carne estaba bien cocinada o si quería más café.

Y cada vez que lo hacía, sus cuerpos se rozaban de manera accidental. Y con cada roce, Shea no podía evitar estremecerse. Una vez que terminaron el postre y el café, Reese se puso en pie y le tendió la mano.

–¿Quieres bailar?

–Sólo si prometes recogerme si me tropiezo.

–No hay problema. Estarás todo el tiempo entre mis brazos.

Era el paraíso. Ella apoyó la cabeza en su pecho y saboreó el momento. Hasta que terminara la música podría permanecer entre sus brazos y hacerse la ilusión de que sería para siempre.

Sin embargo, después del primer baile, Reese decidió que era hora de marcharse. No la trataba como si fuera la mujer que deseaba. Debía de haber cambiado de opinión.

Reese sabía que había salido demasiado rápido del aparcamiento de la familia Hyatt. Si no aminoraba la marcha, le pondrían una multa. «Perfecto», pensó. Quizá lo metieran en el calabozo. Al menos, así no tendría que enfrentarse a la tentación.

Una tentación que estaba sentada a su lado.

¿Qué había sucedido con sus buenos propósitos? Era él quien iba a susurrarle palabras bonitas al oído para cortejarla. Y lo único que había hecho durante toda la noche era esforzarse para no sacarla de la fiesta y llevarla al motel más cercano. Había tratado de echarle la culpa al vestido, pero no era el vestido. La culpa era de la mujer que lo llevaba puesto. Mientras conducía, los truenos y los relámpagos se oían en la distancia.

–Lo he pasado muy bien –dijo Shea, rompiendo el silencio.

–Me alegro.

–Todo el mundo que he conocido era muy simpático.

–Sí, ellos también pensaban que tú eras... simpática.

–Es estupendo.

Lo cierto era que ella había cautivado a todas las personas con las que compartían la mesa. Y él se había pasado la mitad de la cena fulminando con la mirada a todos los hombres que se la comían con los ojos. No podía soportar la idea de que alguno de ellos quisiera bailar con ella, y por eso había decidido que era la hora de marcharse.

Cuando llegaron al aparcamiento del rancho, Shea se percató de que él daba por finalizada la velada y sintió que la desesperación se apoderaba de su corazón. Tenía que hacer algo, decir algo, o nunca disfrutaría de aquella noche con él. Quizá su única noche. Y si no iba a tener la oportunidad, al menos merecía saber por qué él había cambiado de opinión.

–Me gustaría ir a tu casa –soltó ella.

–¿Qué? –preguntó Reese, y frenó en seco.

–Es temprano y pensé que podíamos tomar un café y… hablar.

–¿Hablar? –lo último que le apetecía hacer con ella era hablar–. ¿De qué?

–De cosas.

Él la miró y, sin decir palabra, se dirigió hasta su casa. Una vez dentro, Shea se sentó en el sofá. Reese permaneció junto a la puerta, mirándola. Se hizo un largo silencio, donde el único ruido que se oía era la lluvia al chocar contra las ventanas. Por fin, ambos decidieron hablar a la vez.

–Shea…

–Reese…

–Tú primero –dijo él.

–Bueno… es que esta mañana dijiste que me querías en…

–Ya sé lo que dije.

–Sí. Y sé que…

–Mira, Shea…

–No, espera. Deja que hable yo. Es evidente que has cambiado de opinión…

–¿Cambiar de opinión?

–Por supuesto, tienes derecho. No te culpo de nada, pero…

–¿Cambiar de opinión?

–Me gustaría saber por qué. Con eso me basta –dijo ella, con nerviosismo.

Reese no podía creerlo. ¿Ella creía que ya no la deseaba? ¿Cómo podía ser? Se dirigió hacia la cocina.

–¿Dónde vas?

–Creía que querías café con conversación.

–Yo... No quiero café.

Reese se acercó al sofá.

–¿Por qué no te sientas y...?

Él negó con la cabeza.

–No. Ahora no.

Al ver que ella se había tomado sus palabras como un rechazo, añadió:

–Shea...

–¿Sí?

–¿Por qué crees que he cambiado de opinión acerca de acostarme contigo?

–¿Por qué? –respiró hondo y continuó–: Para empezar, apenas hablaste durante el trayecto a la cena. Sólo hemos bailado una vez, y después decidiste que era hora de irse y nos fuimos de forma apresurada. Cuando llegamos al rancho, no podías esperar para dejarme en casa. Y ahora ni siquiera quieres sentarte a mi lado –se puso en pie–. Y ahora que he quedado como una idiota, me voy.

Él se interpuso en su camino.

–No vas a ir a ningún sitio hasta que no te diga un par de cosas.

–Ya no me interesan –mintió.

–No he hablado mucho porque casi tenía la lengua fuera de la boca. Al verte con ese vestido que llevas no estaba seguro de poder contenerme para no comerte viva. ¿Cómo puede ser tan corto? No importa. No quiero saberlo.

Shea lo miró, asombrada. No podía creer lo que estaba oyendo.

–Y en cuanto a dejar de bailar, te diré que no podía soportar tenerte entre mis brazos y no besarte. En cuanto a lo de dejarte en casa, digamos que pude contener mis instintos más básicos. ¿Algo más? Ah, sí, lo de sentarme a tu lado. Bueno, tenía que elegir entre permanecer aquí de pie y tratar de actuar como si fuera un caballero o sentarme a tu lado y arrancarte la ropa –respiró hondo–. Creo que con esto contesto a todas tus preguntas.

–Sin duda –susurró ella con satisfacción. Él todavía la deseaba–. Así que todavía...

–Sí.

Shea se acercó a él.

–Reese...

–Espera un momento. Tengo que hacerte una pregunta personal.

–Está bien.

–Y no quiero que te enfades.

–No me enfadaré.

–No estaría tan seguro.

–Házmela, Reese.

–Está bien. Eres... Tengo la sensación de que nunca... Lo que quiero decir es si ¿has estado alguna vez con un hombre?

Shea pestañeó, sorprendida por su pregunta.

–¿Y qué diferencia hay?

–Para mí mucha. No acostumbro a...

–Quieres saber si soy virgen.

–Sí.

–No –suspiró–. No, al menos técnicamente.

–¿Qué quieres decir?

–¿Tenemos que hablar de ello?

Al instante, él preguntó con preocupación:

–¿No sufriste abusos sexuales? –cerró los ojos y apretó los puños–. Por favor, dime que…

–No.

–Entonces…

–Sólo lo he hecho una vez y no fue muy buena. Ni siquiera…

–¿Intentas decirme que la tierra no tembló?

–Intento decirte que ni siquiera me moví antes de que terminara.

Reese bajó la vista y se esforzó para no sonreír. Sabía que no era gracioso, pero tenía que admitir que le gustaba saber que otro hombre no había sabido complacerla.

–Ven aquí –le dijo.

Cuando ella se acercó, le acarició la mejilla.

–No puedo prometerte que vaya a temblar la tierra. Pero puedo prometerte dos cosas.

–¿Qué?

–Me aseguraré de que tengas la oportunidad de moverte. Y que será mejor que bueno –la besó despacio, prometiéndole todo lo que había dicho con un abrazo. Al cabo de un instante, ninguno de los dos era capaz de mantener el control.

Shea le rodeó el cuello con los brazos, se apretó contra su cuerpo y gimió cuando él introdujo la lengua en su boca.

–Reese –murmuró.

–Ojos bonitos, sabes muy bien. Y me encanta abrazarte –la besó de manera apasionada–. Quítate la chaqueta.

–Sí. Pero espera a que… –suspiró y lo besó en el cuello.

Él le retiró la prenda y, al ver que sus hombros quedaban al descubierto, comentó:

–De haber sabido que no llevabas nada debajo cuando bailábamos, no puedo decirte lo que habría hecho.

Poco a poco, habían ido acercándose al sofá. Él se sentó y colocó a Shea sobre su regazo.

–Quiero que me beses, Shea. Tú vas a marcar el ritmo, ¿lo comprendes?

–Creo que sí.

–Entonces, bésame. Me muero por sentir tus manos sobre mi cuerpo.

Shea se echó hacia delante y lo besó. Después lo miró a los ojos.

–¿Y tú no vas a besarme?

–A su debido tiempo. Por ahora quiero que disfrutes explorándome. Haz lo que te apetezca –sonrió él–. Confía en mí. No puedes hacer nada que no me vaya a gustar también.

Ella sonrió y lo besó de nuevo, pero esta vez con más dedicación, saboreando el calor y la textura de sus labios. Después, introdujo los dedos en su cabello para sujetarle la cabeza mientras lo besaba de verdad, con deseo apasionado.

–Aprendes muy rápido –dijo él, y la apretó contra su cuerpo.

–¿Tú crees?

–Sí.

–¿Puedo desabrocharte la camisa? Por supuesto.

–Tienes un cuerpo precioso –dijo ella, acariciándole el torso–. Me encanta el tacto de tu piel –agachó la cabeza y lo besó en el cuello.

Reese gimió.

–¿Quieres acariciarme tú? –preguntó ella.

–Me muero por tocarte.

Ella suspiró y se quitó los tirantes del vestido para dejar sus senos al descubierto.

–Por favor –susurró.

Al ver la perfección de sus senos, Reese se quedó boquiabierto. Despacio, acercó la mano y se los acarició.

Shea suspiró y le acarició el torso con fuerza.

–Me gusta... –dijo con voz de deseo. Sus pezones se pusieron turgentes–. Me gusta mucho.

–Cada vez es mejor –inclinó la cabeza para besarle un pecho. Después, introdujo el pezón en su boca con delicadeza.

–Reese –susurró ella, estremeciéndose de puro deseo–. Reese...

Durante un momento Reese pensó que Shea estaba gimiendo. Al instante, se percató de que el sonido provenía del buscapersonas que él tenía en el bolsillo y que Shea llevaba en el bolso.

–¡Maldita sea!

–¿Qué ocurre?

–Maldita sea –dijo él, retirando a Shea de su regazo–. Es mi buscapersonas. Metió la mano en el bolsillo.

Shea se había olvidado de que Cade les había dado un buscapersonas a cada uno por si estaba fuera del rancho cuando Belle se pusiera de parto.

–¡Belle! –exclamó.

Reese sujetó el buscapersonas de forma que ella también pudiera leer lo que ponía. Una palabra, pero suficiente.

¡Bebé!

Capítulo Nueve

–Menos mal que estabais aquí –dijo Cade cuando Reese y Shea entraron en la habitación.

–¿Está de parto?

–Sí. La ambulancia está a punto de llegar. Respira, cariño, respira. Concéntrate.

–¿Y el ginecólogo?

–Ya lo he llamado.

Reese y Shea había corrido bajo la lluvia hasta la casa y estaban empapados. Reese se colocó detrás de ella y colocó la mano sobre su hombro. Ella se apoyó contra él.

–¿Podemos hacer algo? –preguntó ella.

Cade negó con la cabeza, pero ella percibió la mirada de preocupación que le dirigía a Reese. Todos sabían que era demasiado pronto para que naciera el bebé.

Cuando pasó la contracción, Belle se relajó mientras Cade le refrescaba el rostro con un paño húmedo.

–Hola –dijo ella con una sonrisa–. Me alegro de que estéis aquí.

–No queremos estar en ningún otro sitio –dijo Reese.

–¿Qué tal la fiesta?

–Bien –sonrió Shea.

–Está lloviendo, ¿no? –Belle agarró de nuevo la mano de Cade.

–A cántaros –dijo Reese–. No sabes…

Belle comenzó a sentir otra contracción. En ese momento, se oyó una sirena a lo lejos. Segundos más tarde, dos técnicos sanitarios entraron en la casa con una camilla. Belle estaba a punto de tener un bebé. Al cabo de unos minutos, trasladaron a Belle hasta la ambulancia y Cade la acompañó.

–Busca algo de ropa seca. Nos cambiaremos en el hospital –le dijo Reese a Shea–. Te recogeré dentro de cinco minutos.

Ambos se cambiaron de ropa cuando les dijeron que Belle se había puesto de parto y que no podían hacer nada más que esperar.

–Ojalá saliera alguien para contarnos lo que sucede –dijo Reese, paseando de un lado a otro de la habitación. Ya han pasado casi tres horas.

–La espera es dura –dijo ella–. Pero recuerda que iban a hacerle una cesárea y que eso es una operación.

–Lo sé. Y no me gusta. ¿Y si algo sale mal? ¿Y si…?

–¡No! No te vuelvas loco con preguntas como ésa –se acercó a él–. Tenemos que pensar que todo va a salir bien, ¿me has oído? Es muy importante. En cuanto la lleven a la sala de observación, Cade saldrá a buscarnos.

–Lo siento –Reese le agarró las manos–. Esto es tan duro para ti como para mí. Sé lo mucho que te importa Belle.

–No más que a ti.

Él la rodeó con un brazo y esbozó una sonrisa.

–Sabes, si no fuera porque estamos a punto de darle la bienvenida a un nuevo McBride, diría que es un momento pésimo.

Ella sonrió.

–Hubiera sido mucho peor quince minutos más tarde –dijo ella con una sonrisa.

–Oh, no. El destino no habría sido tan cruel –la abrazó al ver que se estremecía–. ¿Tienes frío?

–Lo tenía antes de que me abrazaras. Ahora eres tú quien me hace estremecer.

–Quiero besarte.

–No deberíamos... ¿no crees?

–Probablemente no... –pero sus labios se encontraron antes de terminar la frase.

Shea sintió que una ola de calor le recorría el cuerpo. Él la sujetó por la cintura y deslizó las manos hacia arriba, hasta sentir el lateral de sus pechos. Necesitaba tocarlos, deseaba poseerlos. Estaba a punto de obviar el hecho de que estuvieran en un lugar público cuando...

–¡Eh!

Se separaron y se volvieron para ver quién los estaba interrumpiendo. Cade estaba a la entrada de la sala de espera.

–¡Es un niño! Tengo un hijo.

Shea se acercó a él y lo besó. Reese le dio la mano.

–¿Cómo está Belle?

–¿Ha ido todo bien?

–¿Cómo se va llamar? ¿Cuánto pesa?

–Guau. Tranquilos, Belle está bien. Se llamará Chance...

–Es un nombre muy bonito.

–Es estupendo –dijo Shea–. ¿Cuánto pesa?

–No tango como debería, pero está bien. Probablemente tenga que permanecer en el hospital durante una semana o diez días. El médico dice que tiene los pulmones muy bien, y que eso es lo importante en un prematuro –al ver que Reese fruncía el ceño, Cade lo tranquilizó–. Está bien. Le he preguntado todo al doctor. No estoy seguro, pero creo que incluso lo amenacé por si no me decía la verdad.

Reese sonrió.

–Entonces, podemos creernos todo lo que ha dicho.

–¿Podemos ver a Belle? –preguntó Shea.

Cade negó con la cabeza.

–Le han dado algo. Está adormilada. Pero el médico ha dicho que mañana podrá recibir visitas –sonrió–. Podéis ver a Chance.

–¿Ahora? –preguntó Shea, entusiasmada.

–Ahora mismo.

Los tres se dirigieron al nido y Cade les presentó a Robert Chance McBride.

–Decidimos ponerle Robert porque era el primer nombre de Caesar.

El bebé estaba en una incubadora y, al verlo, Shea exclamó:

–¡Cade! –lo agarró de la manga.

–Lo siento, debería haberte advertido. Pero está mucho mejor de lo que parece. Lo tienen enganchado a los monitores para comprobar su ritmo cardiaco y la temperatura. Lo bueno es que está respirando solito y no tiene ningún problema.

–He de decir que estás mucho más tranquilo de lo que yo estaría –dijo Reese.

–Probablemente estaría mucho más nervioso si no hubiera leído cosas sobre bebés prematuros. Chance entra dentro del grupo de pesos pesados en la categoría de prematuros.

–Tiene sangre de los McBride y de los Farentino, así que será un luchador.

–Sin duda.

Los tres permanecieron mirando a Robert Chance durante un buen rato. Shea lo miraba fascinada y temerosa al mismo tiempo. Igual que Cade, había leído algunas cosas y sabía que aquel bebé debía enfrentarse a una batalla. Por primera vez, sentía una fuerte conexión con una criatura tan pequeña. Era parte de alguien a quien quería mucho y, por tanto, lo quería también. No podía dejar de mirarlo.

Al final, con un suspiro, Cade se volvió hacia Reese.

–Tengo que regresar junto a Belle. Quiero estar allí cuando despierte. ¿Sigue lloviendo?

–A cántaros –dijo Reese.

–Entonces, será mejor que os vayáis a casa. Una de las enfermeras ha dicho que empezaba a haber inundaciones.

–¿Estás seguro de que no quieres que nos quedemos?

–No podéis hacer nada. Agradecería que te aseguraras de que todo está en orden cuando regreses al rancho.

–Sabes que lo haré.

–Sí. Y ve a ver a Dolly, ¿de acuerdo? Espero que no haya decidido escapar otra vez.

–Quizá Tyler le haya dado un tranquilizante al ver las nubes.

–Eso espero –Cade se volvió hacia Shea–. Gracias por estar aquí. Significa mucho para Belle.

–No podría estar en ningún otro sitio.

–Y no te preocupes por nada. Shea y yo nos aseguraremos de que todo esté en orden –le aseguró Reese.

Cuando Cade se alejó, Shea le dijo a Reese:

–Es tan pequeño…

–Lo sé. No puedo evitar pensar que…

Shea lo miró con lágrimas en los ojos.

–Nada de eso. Este bebé va a salir adelante. No quiero oír más pensamientos negativos, ¿de acuerdo?

Reese le acarició la mejilla.

–Lo que tú digas, ojos bonitos.

Tardaron casi una hora en llegar a casa puesto que Reese tuvo que conducir muy despacio por las zonas encharcadas.

–No imaginaba que en esta zona de Texas lloviera tanto –dijo Shea.

–Normalmente no pero, de vez en cuando, nos llueve todo de golpe.

Había mucho barro y, a veces, la furgoneta deslizaba. Ella suspiró aliviada cuando llegaron al rancho.

–¿Te importa esperar un momento mientras preparo todo para la tormenta? –dijo él.

–No. Para nada.

Reese aparcó frente a los establos y se puso un chubasquero.

–Tardaré un minuto.

–¿Tienes otro de ésos? Iré contigo.

–No, pero hay mucho sitio en esta capa.

Shea sonrió.

–De acuerdo.

Entraron en los establos agarrados por la cintura y con la capa cubriéndoles el cuerpo. Una vez dentro, Reese colgó el impermeable en una puerta.

–Bueno –dijo con las manos en las caderas–. Al menos esta vez sólo ha roto el cerrojo y no toda la puerta.

–¿Y el resto de los caballos están aquí?

–Sí. Parece que Tyler los ha encerrado bien. Probablemente sólo echó en falta a Dolly. Será mejor que hable con él.

En ese momento, sonó el teléfono que estaba colgado en la pared. Reese se acercó y contestó. Al cabo de una corta conversación, regresó junto a Shea.

–Tal y como imaginaba. Tyler vino para asegurarse de que Dolly estaba bien y ella ya no estaba.

–¿Y ahora qué?

–Iré a buscarla.

–Pero... Perdóname por hacerte esta estúpida pregunta... ¿no estará bien? ¿Nunca dejáis a los caballos fuera cuando hace mal tiempo?

–Por supuesto, pero la lógica no se puede aplicar cuando se trata de un animal aterrorizado. Corre sin parar, y ya se hizo daño en el pasado. Es cierto que la dejamos correr, pero nadie quiere tener que darle la noticia a Belle de que su caballo favorito se ha escapado. Además, sé dónde puede estar.

–¿Dónde?

–Las dos últimas veces que se ha escapado, la encontramos en un arroyo que está justo detrás de un grupo de árboles. Llovía sin parar y estaba atrapada en el barro.

–¿Y regresa contigo sin más?

–Una vez que le echamos el lazo no nos creó mucho problema. Aunque admito que funcionó mejor estando dos personas.

–¿Por qué no te llevas a uno de los mozos contigo?

–Es tarde. No tiene sentido avisarlos si no hace falta. Vamos, te acompañaré a la casa.

–No te preocupes por mí. Haz lo que tengas que hacer. Me quedaré hasta que te vayas.

–De acuerdo –le dio la mano y la acompañó hasta el establo de su caballo.

Shea observó cómo preparaba al caballo y se ponía un chubasquero.

–Has debido hacer esto montones de veces. No has hecho ningún movimiento innecesario –dijo ella.

Reese sonrió.

–No volvería a hacerlo si tuviera dinero para vivir sin trabajar.

En esos momentos se oyó un trueno y el caballo relinchó. Shea comprendía muy bien al caballo, ella también estaba nerviosa de pensar que a Reese podía sucederle algo en mitad de la tormenta.

–Reese, yo...

–¿Qué ocurre, ojos bonitos? –montó al caballo y colgó una linterna de la silla de montar.

Ella quería pedirle que no se fuera, pero sabía que no podía hacerlo.

–Ten cuidado, por favor.

–Por ti, cariño, haría cualquier cosa –se afianzó el sombrero en la cabeza–. Ponte el chubasquero y ve a casa. Te llamaré a primera hora de la mañana.

–¡No! Llámame cuando regreses.

Reese la miró un instante, asintió y salió a la oscuridad con el caballo.

Shea se quedó mirándolo desde la puerta hasta que desapareció. No tenía ni idea de cuánto tiempo llevaba mirando hacia la oscuridad cuando tuvo el presentimiento de que él estaba en apuros.

–Qué tontería –suspiró–. No sabes dónde ha ido.

Ella no, pero estaba segura de que Tyler sabía hacia dónde se había dirigido. Shea se acercó al teléfono que Reese había utilizado antes. No le importaba si Reese se enfadaría por lo que estaba haciendo. Algo le decía que Reese no debía estar solo bajo la tormenta y no estaba dispuesta a ignorarlo. Buscó la extensión de los barracones y llamó. Cuando colgó tres minutos más tarde, Tyler estaba de camino.

El chubasquero la mantuvo seca durante diez minutos después de que salieran del establo. Estaba empapada de pies a cabeza y no sabía dónde se encontraban. Por fortuna, Tyler sabía hacia dónde se dirigían.

–Debe de estar pasada esta colina –gritó él, tratando de que lo oyera a pesar de la lluvia.

Shea asintió. En esos momentos, un relámpago iluminó la zona y, desde lo alto, vieron a Reese metido en el arroyo con el barro hasta medio muslo.

Agarrando la cuerda que había puesto alrededor del cuello de Dolly, y sujetando a su caballo al mismo tiempo, vio que Tyler y Shea se acercaban cabalgando.

–Está todo lleno de barro –gritó–. Quedaos ahí.

Tyler desmontó del caballo y se llevó una cuerda con él. Colgó la linterna en la rama de un árbol, movió el lazo por encima de la cabeza y lo lanzó hacia Reese. Éste lo agarró y se lo colocó a la cintura. Tyler ató el otro extremo a la silla de su caballo e hizo que el animal retrocediera para liberar a Reese. En cuanto él se quitó la cuerda de alrededor, se dirigió a Shea.

–¿Qué diablos haces aquí?

–Me dijo que necesitabas ayuda –dijo Tyler–. ¿Estás bien?

Reese asintió, pero ella supo que no estaba entusiasmado de verla.

–¿Y Dolly? –preguntó Tyler.

–Está atrapada. Vamos a necesitar el jeep –dijo Reese. Miró a Shea y añadió–: Ve con él.

Ella negó con la cabeza.

–Maldita seas, Shea. Éste no es sitio para ti. Regresa con Tyler y espérame allí.

–No.

De haber tenido tiempo, Reese habría insistido en que se marchara a casa, pero no lo tenía. La lluvia caía con fuerza y el arroyo estaba creciendo. Dolly estaba atrapada y muy asustada.

–Suelta la cuerda y vete –le gritó a Tyler.

El hombre montó su caballo y se marchó. Al ver que ella se disponía a bajar del caballo, Reese le ordenó:

–No te bajes. Hay mucho barro. Si te caes, irás directa al agua.

Shea miró hacia el río y comprobó que bajaba con mucha fuerza. Desde el caballo, le preguntó:

–¿Qué estás haciendo?

–Un cabestro de cuerda.

Antes de que ella pudiera preguntar nada más, él se volvió hacia la yegua. Al momento, vio que Reese se agarraba a la rama de un árbol y se balanceaba para llegar hasta el agua. Shea sintió que le daba un vuelco el corazón y tuvo que cubrirse la boca para no gritar.

Reese se afianzó entre las raíces de unos árboles que estaban cerca de Dolly y consiguió ponerle el cabestro al animal. Shea suspiró aliviada al ver que ataba la cuerda al árbol más grande y salía del agua. Pero al instante, él se soltó de la rama y cayó de espaldas al torrente.

Shea gritó, se bajó del caballo y corrió hasta el agua.

–¡Reese! ¡Reese!

Él sacó la cabeza a la superficie y se agarró a unas raíces de árbol.

–Agarra la… –volvió a sumergirse.

–¡Reese!

Ella corrió hasta el caballo y agarró la cuerda, recordando cómo Tyler había sacado a Reese del agua la primera vez. Después de asegurarse de que un extremo estaba atado a la silla de montar, corrió hasta donde estaba Reese.

–Lánzala –gritó él, mientras trataba de mantenerse de pie en el agua.

Ella obedeció y, por fortuna, él la agarró. Shea corrió hasta el caballo y lo montó.

–Atrás –ordenó, tirando de las riendas–. Atrás –repitió, hasta ver a Reese tumbado en el suelo firme junto al torrente–. ¡Guau! –gritó, y bajó corriendo del caballo para acercarse a Reese–. ¿Estás bien? –se arrodilló en el barro–. ¡Reese!

Él levantó la cabeza y la miró.

–¿Shea?

Estaba cubierto de barro, tenía el pelo aplastado contra la cabeza y nunca lo había visto más atractivo.

–Oh, cielos –le rodeó el cuello con los brazos–. Gracias, gracias, gracias…

El ruido de un motor se oyó a través de la lluvia y, enseguida, la luz de los faros los iluminó.

–Tyler –dijo Reese.

Tyler se bajó del coche y se acercó a ellos. Ayudó a Reese a levantarse y, media hora después, habían rescatado al caballo.

–Conduce tú el jeep –le dijo Reese a Shea.

–Iré a caballo.

–Estás empapada.

–Y tú. ¿Qué más da un poco más de agua?

–No pienso quedarme aquí discutiendo contigo. Vamos a ponernos algo seco.

La ayudó a montar y se dirigieron a casa mientras Tyler los seguía con Dolly atada. Cuando llegaron a los establos, Reese desmontó del caballo y ayudó a bajar a Shea.

–Está todo bajo control –dijo Tyler–. Id a cambiaros de ropa.

–Buena idea –Reese agarró a Shea de la mano y caminaron hacia la casa.

A mitad de camino, ella se paró y dijo:

–No voy a entrar así en la casa.

Reese la miró. Estaba empapada, llena de barro y no llevaba zapatos.

–¿Dónde están tus zapatos?

–Allí –dijo, señalando en la dirección de la que venían.

–¿Quieres decir que has montado descalza?

–Ése es uno de los motivos por los que no puedo entrar en la casa. Lo mancharé todo de barro.

–Entonces, ven conmigo.

–Estoy haciendo un charco –dijo Shea, de pie en la cocina de casa de Reese.

–Los dos estamos haciendo charcos.

–¿Puedo limpiarme en el fregadero?

–Tengo una idea mejor –la guió hasta el baño–. Dúchate.

–¿Qué?

–Ya me has oído. Dúchate.

–Bueno... gracias por dejar que me duche primero...

–¿Y qué tal si nos duchamos juntos?

Al instante, Shea estaba bajo un chorro de agua caliente junto a Reese.

–Estás loco.

–Así ahorramos tiempo.

–Pero...

–Venga, enjuágate.

–Pero...

Él le echó la cabeza hacia atrás para que el agua se llevara el barro de su cabello. Ella cerró los ojos y dijo:

–Mmm, qué maravilla –cuando los abrió, él la miraba con deseo.

–Creo que esta ducha es demasiado pequeña para los dos –dio un paso atrás.

–Pero...

–Shea, te deseo tanto, que no creo que pudiera ser delicado. ¿Comprendes?

Ella asintió.

–En cuanto estemos limpios y secos –dijo desde el otro lado de la cortina–, lo retomaremos donde lo hemos dejado –salió del baño.

Shea suspiró y comenzó a desabrocharse la camisa. Reese abrió la puerta del baño y dejó un albornoz en un perchero. Desabrochándose la camisa, recordó el momento en que había levantado la cabeza y había visto a Shea de rodillas en el barro. Estaba llorando. Por él. La había mirado a los ojos y había visto amor en su mirada. No estaba seguro de qué podía hacer. Sólo sabía que al mirar aquellos ojos azules, todo había cambiado.

Se abrió la puerta del baño y apareció Shea.

–Tu turno –dijo ella, mirándolo fijamente–. Gracias por dejarme tu albornoz.

–De nada. ¿Quieres ponerte una camisa mía?

Ella negó con la cabeza.

–Espero no haber gastado toda el agua caliente.

–No estaré dentro el tiempo suficiente como para darme cuenta –dijo Reese, y entró en el baño.

Shea colocó la mano sobre su pecho, como si así pudiera calmar su corazón.

No funcionó.

Capítulo Diez

Reese salió del baño diez minutos después con una toalla en la cintura.

Shea estaba sentada en el sofá y pestañeó al verlo. Todavía tenía el cabello mojado y estaba muy atractivo.

–¿Tienes frío? –preguntó él, y se sentó a su lado.

–¿Qué? Ah, sólo en los pies.

Reese agarró su pie derecho y comenzó a frotárselo.

–No sé cómo no te has cortado con una piedra andando descalza por el barro.

–Lo más importante era asegurarme de que no te ahogabas.

–Gracias –le agarró el otro pie.

–¿Por qué?

–Por salvarme.

–El caballo hizo todo el trabajo.

–Un cuerno. ¿Dónde aprendiste todo eso, por cierto?

–Había leído acerca de rescates similares. Y observé a Tyler.

–¿Anoche? ¿Cuándo me sacó la primera vez?

–Sí.

–¿Lo observaste y recordaste todo lo que había hecho sin olvidar un paso?

–¿Qué más se suponía que podía hacer? Estabas en el agua y tenía que sacarte.

Reese la miró.

–No conozco a ninguna otra mujer, excepto a Belle, que hubiera hecho lo que tú hiciste anoche. Eres sorprendente.

–¿Porque soy inteligente? Eso no es nada especial...

–No –le sujetó la barbilla–, porque eres valiente. Y tienes un gran corazón –sonrió–. ¿Te he dicho alguna vez que eres la mujer más sexy que he conocido nunca?

–¿Yo? ¿Sexy? –Shea se rió–. Me temo que te ha entrado barro en la cabeza.

–No tenía nada de barro cuando estábamos en el sofá hace unas horas. Entonces también pensaba que eras sexy. Pero... tenía un problema. Mi boca estaba seca. El corazón me latía muy deprisa y me dolía el cuerpo –se acercó a ella e inclinó la cabeza–. Por ti.

En el momento en que sus labios se rozaron, el beso se tornó en algo poderosos y ella no pudo evitar derretirse entre sus brazos. Reese se estaba volviendo loco de deseo, así que la atrajo hacia sí hasta que ambos quedaron tumbados en el sofá, boca contra boca. Sexo contra sexo.

–¿Vas a empezar donde lo dejamos? –preguntó ella.

–Eso es lo que tenía pensado.

–Bien.

Reese la tomó en brazos y se puso en pie. Despacio, la dejó sobre la alfombra, le dio la mano y la guió hasta su dormitorio.

Una vez allí, la besó de forma apasionada y, aprovechando que llevaba el albornoz entreabierto, metió la mano para acariciarla. Nunca había tocado nada tan suave en la vida. Le acarició la espalda, las caderas y los pechos. Su piel clara contrastaba con sus dedos de piel oscura, recordándole que era una pieza delicada.

Ella notó que sus senos se endurecían y empezaban a doler. Pero era un dolor placentero.

–Acaríciame como antes –suplicó, y se quitó el albornoz. Se puso de puntillas y arqueó la espalda. Cuando el le cubrió un seno con la boca, suspiró. Y los suspiros se convirtieron en gemidos a medida que él la acariciaba con la lengua y le mordisqueaba los pezones. Loca de deseo, gimoteó.

–¿Te he hecho daño?

–No pares –susurró.

Reese continuó acariciándola y sintió que el deseo se apoderaba de él. No podía ir más despacio, a pesar de que había pensado dejar que fuera ella quien marcara el paso.

–Shea –dijo, jadeando–. Despacio…

–No –lo besó en la boca–. No quiero ir despacio. Eso lo he hecho toda mi vida. Dijiste que yo marcaría el ritmo, ¿no?

–Sí.

–Entonces, no te contengas. Hazme el amor, Reese –lo atrajo hacia sí.

Al instante, estaban desnudos y tumbados sobre la cama.

–Espera –dijo él, y abrió un cajón de la mesilla.

Su cuerpo estaba en llamas, no podía esperar. Shea trató de sentarse y de evitar que él no se alejara.

–No quiero… Oh –dijo, al ver que abría un preservativo. Ni siquiera había pensado en utilizar protección.

Segundos más tarde, él estaba otra vez a su lado,

besándola y acariciándole los senos. Cuando ella creía que no podía esperar más, Reese metió la mano entre sus piernas y…

–Separa las piernas.

Ella obedeció y arqueó el cuerpo.

Él la acarició despacio, hasta que ella se aferró a sus hombros.

–¿Reese?

–Déjate llevar, cariño.

Y eso hizo. Dos veces. Su cuerpo se tensaba y la pasión alcanzaba niveles insoportables, pero el momento de la liberación sólo servía para alimentar aún más su deseo.

–Por favor. Por favor, Reese –ni siquiera sabía qué era lo que estaba suplicando, sólo que él lo tenía y ella lo deseaba.

Reese la sujetó por las caderas y la penetró. Ella se tensó un instante, pero enseguida comenzó a moverse contra su cuerpo. Rápido, hasta que ambos alcanzaron un orgasmo salvaje y terminaron derrumbándose sobre la cama.

Cuando por fin se calmó su respiración, Reese miró a Shea y sonrió. Ella sonrió también.

–Tenías razón –dijo ella.

–¿Mejor que bueno?

–Mucho mejor. Maravilloso. Delicioso.

–Y te has movido.

Ella se sonrojó al recordar lo rápido que se había abandonado a la pasión.

–No esperaba… Nunca…

–Pues ahora sí. Y he de decir que aprendes muy rápido.

–He leído acerca de las diferentes técnicas.

–Debes de tener mucha memoria fotográfica.

–Más o menos –miró a otro lado–. Ya te he dicho que leo mucho y... Bueno, ¿es cierto que la mayoría de los hombres quieren dormir después de..., ya sabes?

De no haber sido porque estaba muy seria, Reese se habría reído.

–¿Me estás preguntando si tengo sueño?

–Son más de las cuatro de la mañana.

–¿Y?

–Bueno, me preguntaba si...

–¿Si quiero dormir?

–Sí.

–No.

Ella respiró hondo.

–Entonces, me avisarás cuando te apetezca... Cuando estés preparado para...

Reese la acarició hasta que llegó a su entrepierna y descubrió que la parte más íntima de su cuerpo estaba húmeda de deseo.

–¿Qué te parece ahora?

Durmieron hasta tarde.

Reese despertó y miró a Shea con asombro. Para no tener experiencia, era la mujer más apasionada que había conocido nunca. Inteligente, bella y apasionada. Shea Alexander podría mantener ocupado a un hombre toda una vida.

¿Toda una vida?

¿Cuándo había empezado a pensar en esos términos?

¿Era amor lo que sentía al verla? Nunca había sentido algo parecido por una mujer. Deseaba mimarla, protegerla, pelear con ella, hacer el amor, tener hijos, amarla hasta...

La amaba, pero necesitaba saber si ella lo amaba a él.

Se levantó con cuidado para no despertarla, se puso unos vaqueros y salió de la habitación. Un café le sentaría bien. Pero primero llamaría para preguntar cómo se encontraba el pequeño Chance.

Una enfermera le contó que el niño seguía respirando de manera autónoma y que se encontraba bien.

–Buenos días.

Reese se volvió al oír la voz de Shea.

–Buenos días, ojos bonitos. Tengo buenas noticias para ti –le dijo.

–¿Chance?

–Sí. Está muy bien.

–Oh, Reese –le rodeó el cuello con los brazos–. Eso es maravilloso. Me siento aliviada.

–Sabía que sería así. Y hablando de maravillas... –la besó en los labios–. Tú eres una.

–Y tú eres terrible.

–¿No soy maravilloso?

–Bueno, maravilloso, sexy, atractivo...

–Sigue. En serio, no pares. Sigue... –la besó en los labios de forma apasionada, y tres minutos más tarde la estaba poseyendo.

Se saltaron el café, el desayuno y la comida.

A mediodía, Reese la acompañó hasta la casa principal y se despidió de ella con un beso. Veinte minutos más tarde, ella estaba dándose un baño de agua templada.

–Querías experiencia. Pues ya la tienes. ¿Y ahora qué vas a hacer?

«Amar a Reese», pensó para sí. «Y seguir amándolo». Nunca se había sentido tan unida a una persona. Era el momento de contarle que lo amaba de todo corazón.

Aquella tarde, se dirigieron a Sweetwater Springs a comprar unas flores para Belle y un regalo para el bebé.

–¿Qué te parece si compro el mejor solomillo que has comido nunca para cuando salgamos del hospital? –le preguntó Reese.

–Suena de maravilla. No puedo esperar.

–Después podemos ver una película. O hacer lo que te apetezca.

–¿Funciona la chimenea de tu casa? –preguntó ella.

–Sí.

–Entonces, a lo mejor podríamos quedarnos allí y encenderla...

–Sí, podemos hacer eso –se imaginó a los dos haciendo el amor frente al fuego.

–¿Vienes conmigo a comprar el regalo de Chance o es mejor que nos separemos?

–Separémonos. Tú eliges el regalo, yo compro las flores y nos encontramos en la furgoneta.

–De acuerdo. Pero puede que tarde un poco más; tengo que ir a correos a comprar sellos.

–No pasa nada. Te esperaré. También tengo que enviar una carta.

–Ah, bueno... –dijo Shea–. Ya sabes cómo somos las mujeres eligiendo la ropa de bebé. No me esperes.

–Muy bien. Te veré en un rato.

Shea se dirigió al único centro comercial que había en la ciudad y miró hacia atrás. Parecía que Reese había ido primero a la oficina de correos. Al menos ya no tenía que preocuparse por encontrarse con él. Al día siguiente escribiría a *Texas Men* para pedirles que no le enviaran más cartas. Después, escribiría a los hombres con los que había estado en contacto y les diría la verdad, que había encontrado al hombre de sus sueños.

Al otro lado de la plaza, Reese decidió parar a comprar las flores antes de entrar en correos. Acababa de guardar las flores en la camioneta cuando Smitty Lewis lo llamó.

–Hola, Reese. ¿Cómo estás?

–No puedo quejarme. ¿Y vosotros? –saludó a Alvin y al viejo Walt.

–Nos ha llegado la noticia –dijo Alvin–. Estoy seguro de que Cade está entusiasmado.

–Sí. Belle y él están felices.

Smitty cambió de tema enseguida.

–Esa chica tuya es muy guapa.

Reese no pudo evitar sonreír.

–Shea es una bella mujer. E inteligente.

–Sí, la vimos hace unos días cuando vino al pueblo.

–Hacía mucho viento –dijo Alvin.

–Sí.

–Lo que me sorprende es cómo una mujer como ella puede escribir a una de esas revistas de hombres.

–¿Cómo? –preguntó Reese.

Smitty se volvió hacia Alvin, y dijo:

–Os acordáis del sobre que se llevó el viento.

–Sí –contestó Alvin–. Lo recogí yo y se lo devolví. Era de una de esas revistas que tienen anuncios personales. ¿Qué te dije que ponía en la etiqueta? –miró a los demás.

–*Texas Men* –contestó el viejo Walt–. Una lástima

que una mujer como ella tenga que escribirse con desconocidos.

Reese negó con la cabeza.

–Debéis de estar equivocados.

–No. La etiqueta estaba en una esquina del sobre y era muy grande.

–Espera un momento. ¿Estás diciendo que Shea Alexander tenía un sobre de la revista *Texas Men*?

–¿Estás sordo? ¿No es eso lo que Alvin acaba de decirte?

Reese no comprendía por qué Shea podía recibir correo de la revista, a menos que...

A menos que hubiera contestado un anuncio.

Pero eso no tenía sentido. ¿Por qué una mujer como Shea iba a querer escribirse con un desconocido? ¿Quizá por el mismo motivo que él?

–¿Y por qué no vas a preguntárselo? –dijo Smitty–. Ahora mismo acaba de entrar a correos.

–Gracias –dijo Reese–. Es una buena idea.

Al otro lado de la calle, Shea abrió el buzón y sacó un sobre grande que contenía varias cartas, incluida una del señor Serio. Decidió guardar las cartas en el bolso y tirar el sobre para que Reese no viera el remite. Al darse la vuelta, se chocó con él. Y se le cayó el bolso.

–Guau –dijo él, y la sujetó.

Pero era demasiado tarde. El bolso se abrió al caer y las cartas quedaron repartidas por el suelo.

Reese se agachó a recogerlas, y dijo:

–Parece que tienes muchos amigos –le entregó un taco y se agachó a recoger las demás.

–No, no tantos.

–Aquí tienes –le entregó otra carta, pero se quedó con la del señor Serio–. ¿De dónde has sacado esta carta?

–Es de una amiga de Austin. Una chica con la que trabajo –trató de agarrarla pero él se lo impidió–. ¿Reese?

–¿De dónde has sacado esta carta?

–Te lo he dicho…

–Estás mintiendo.

–¿Cómo…?

–No es de una amiga con la que trabajas. Es la respuesta a un anuncio personal de una revista.

–¿Por qué piensas eso?

–Porque la he escrito yo.

–¿Qué?

–Ya me has oído. Esta carta la escribí yo.

Capítulo Once

–Eso es imposible –dijo Shea.

–Claro que no. ¿Crees que no reconozco mi letra?

–Pero eso significa que tú eres el señor Serio. No es posible. Sería demasiado...

–Raro.

–Sí.

–Creo que lo raro ya pasó hace unos minutos, así que te agradecería que me explicaras cómo has conseguido esta carta.

–Yo... Bueno, me topé con la revista de forma accidental. Quiero decir... No es lo que normalmente... Oh, esto es ridículo. Creerás que me he vuelto loca o... Espera un momento. No puedes ser el señor Serio, a menos que... –lo miró boquiabierta–. ¿Pusiste un anuncio en la revista *Texas Men*?

–Habla bajito, ¿quieres? –la agarró de la mano y la sacó de la oficina de correos–. No tienes que anunciárselo a todo el mundo.

–¡Oh, cielos! ¡No puedo creerlo! ¿Por qué? Eres inteligente, atractivo y muy sexy. Debe de haber montones de mujeres muriéndose por salir contigo. ¿Por qué ibas a poner un anuncio en la sección de contactos?

–Incluso los chicos inteligentes, atractivos y sexys se sienten solos. ¿No tenemos derecho a la felicidad?

–Por supuesto, sólo quería decir que no parece que necesites ayuda para encontrar a una mujer.

–Creía que sí. Al ver a Cade y a Belle todos los días, ver todo lo que comparten, el amor y la confianza... Yo quería lo mismo. Y lo creas o no, hay muchas mujeres que creen que es emocionante acostarse con un mestizo, pero no tantas se casarían con él. Yo no quería una aventura de una noche, así que busqué ayuda. Y durante un tiempo estuve escribiendo a una mujer que creía que era especial –le acarició el brazo–. Pero, entonces, apareciste tú y se acabó. Sé que no es el lugar ni el momento, pero... –respiró hondo–. Te quiero, Shea.

Sorprendida, lo miró con el corazón acelerado.

–Mira, sé que estás acostumbrada a los hombres con trajes caros y no a los vaqueros con pantalones desgastados. Y que venimos de mundos diferentes, pero te quiero. Y me gustaría que te casaras conmigo.

Y en medio de la calle, la besó durante largo rato. Cuanto se separaron, él esperó a que ella contestara.

Shea se fijó en los ojos de Reese y vio confianza y amor.

Confianza.

¿Confiaría en ella cuando descubriera que era Natalie?

Al ver que había gente alrededor, Reese la agarró del brazo y dijo:

–Vamos a un lugar más tranquilo –la llevó hasta la furgoneta–. Lo siento, no quería hacerlo en un lugar público. Ésta es la primera vez que le pido a una mujer que se case conmigo, así que no conozco las reglas. ¿No se supone que tienes que decir algo? –al ver que tenía lágrimas en los ojos, sintió que se le encogía el corazón–. Shea, ¿qué pasa? ¿Ocurre algo?

–Oh, Reese –susurró ella–. Te quiero mucho. Nunca había imaginado...

Él sonrió aliviado y la abrazó.

–Eh, no llores. Me has asustado por un momento. Creí que a lo mejor me decías que no.

Ella lo abrazó.

–Reese...

–¿Qué pasa, ojos bonitos? –le secó una lágrima.

–Sobre la carta...

–Ah, es cierto –la miró a los ojos–. No me has contado por qué contestaste a mi anuncio. Por cierto, esa revista es un desastre enviando el correo. Esta carta debe de ser de hace un mes por lo menos. Sólo he escrito a una mujer desde la primera tanda de respuestas. ¿Y cómo...? –Reese miró la fecha del sello–. Es de la semana pasada –miró el número de referencia que figuraba en la dirección–. Pero...

–Es para el número 8059. Soy Natalie.

–No comprendo.

–Elegí a cinco hombres de la revista.

–¿Cinco?

–Sí. Pensé que era un buen número para mi experimento. Ya sabes... no he salido con muchos hombres. No sé cómo coquetear ni de qué hablar con ellos. Después descubrí la revista y se me ocurrió escribir para aprender cómo tratar con los hombres mediante las cartas, antes de intentarlo en la vida real.

–¿Y Natalie?

–La inventé. Es una fantasía que tengo desde que iba al instituto.

–Mentiste.

–Sí –susurró ella, y esperó.

–Así que sólo era parte de tu experimento.

–No sabía que eras tú. ¿Cómo iba a saberlo? La revista no facilita los verdaderos nombres. Te conocía como el señor Serio.

–Y nunca pretendiste que surgiera algo de verdad. No estabas interesada en tener una relación, sólo en aprender.

–¡No! Quería una relación. Por eso contesté al anuncio. E igual que tú, quería lo que tienen Belle y Cade. Quería encontrar a un hombre del que enamorarme. Pero no sabía cómo...

–Hazlo de manera sincera –el tono gélido de su voz fue como una bofetada.

–Reese, por favor. Intenta comprenderlo.

–Comprendo que te creyeras tan lista como para manipular personas y que no importara. ¿Y el sexo, Shea? ¿También ha formado parte de tu aprendizaje?

–No. Hice el amor contigo porque quería. Porque te quiero.

–Lo que no comprendo es cómo he podido ser tan ingenuo. No sé cómo no me he dado cuenta.

–Yo no...

–Ahórratelo.

–Reese...

Él levantó la mano para que se callara.

–Ahora no podemos ir a ver a Belle. Se dará cuenta de que nos pasa algo en cuanto entremos.

–Lo sé.

Él regresó al rancho sin decir palabra hasta que aparcó frente a la casa, se bajó del coche y abrió la puerta de Shea.

–¿Qué hacemos con las flores?

–Déjalas. Se las llevaré a Belle más tarde. Si no aparecemos ninguno de los dos, se preocupará.

–¿Y qué excusa le vas a contar acerca de que yo no haya ido?

–No lo sé. No puedo pensarlo ahora.

–Reese, sé que te he hecho daño, pero ¿no puedes aceptar algo que no era intencionado? Contesté a ese anuncio por el mismo motivo que tú lo escribiste. Estaba sola. Necesitaba a alguien.

–Tú sabías que habías mentido y has permitido que quedara como un idiota delante de todo el pueblo.

–¿Es eso de lo que se trata? ¿Tu orgullo?

–Se trata de que me has mentido. Que creía que eras un tipo de persona y resulta que eres otro tipo distinto.

–No, Reese. Soy la misma persona. Una persona que te quiere. No te he utilizado, te he querido. Y deseo seguir queriéndote.

–No.

–No tienes nada que decir acerca del tema. Con lo tonta que soy, probablemente siga amándote el resto de mi vida. ¿Y sabes una cosa? Duele. Sufriré durante mucho tiempo, pero eres tú el que me da pena, no yo. Porque ahora que sé lo que es el amor, no voy a pasar el resto de mi vida sin él.

–No eres la persona que creía que eras.

–Entonces, supongo que deberías sentirte afortunado por haberlo descubierto antes de cometer un gran error. Tenías razón desde el principio. No soy tu tipo, ¿recuerdas?

–Ojalá lo hubiera recordado.

Aquello fue la gota que colmó el vaso. Con la poca dignidad que le quedaba, Shea entró en la casa y cerró la puerta.

***

Reese entró en la habitación de Belle con la mejor de sus sonrisas.

–Aquí tienes. ¿Qué te parece un gran ramo de flores?

–Impresionante –dijo Belle–. ¿Dónde está Shea?

–No se encontraba muy bien.

Belle agarró el teléfono enseguida.

–No, no la llames –insistió Reese–. Le dolía la cabeza y dijo que iba a dormir un rato. Te llamará cuando se despierte.

–De acuerdo –sonrió ella–. ¿Has ido a la zona de neonatos?

–Por supuesto.

–¿Y a que Chance es el bebé más bonito de todos?

–Desde luego. Dime, ¿dónde está ese marido tuyo?

–Se ha ido a hacer una misión encubierta.

–¿Qué?

–Ha ido a comprarme unas patatas fritas. No he probado la comida basura desde que el médico me lo prohibió hace cuatro meses. Y me muero de ganas.

–¿Y si lo pillan?

–Tengo dinero para la fianza.

–Prometo no chivarme.

Reese notó que Belle lo miraba fijamente.

–¿Vas a contarme qué pasa? –preguntó ella.

–¿Qué te hace pensar que pasa algo? La bodega va como la seda. En el rancho no hay ningún problema...

–Tyler me llamó.

–Ah, bueno. Dolly se escapó como siempre y tuvimos que ir a buscarla.

–Tyler me contó que Shea tuvo que sacarte de un apuro.

–Tyler habla demasiado.

–También me ha contado Posey que Shea no ha dormido en la casa principal.

–¿Qué tenéis entre manos? ¿Una red de espionaje?

–No. Sólo somos amigos preocupados. ¿Reese?

–¿Qué?

–Sabes que me importas como si fueras mi hermano, pero Shea es una mujer frágil. Si le haces daño...

–¿Frágil? Ya, claro. Shea Alexander es tan frágil como un pit bull.

–¿Qué te pasa?

–Nada. Ya nada.

–Pero te pasaba algo.

–¿Sabes lo que ha hecho? ¡Un experimento con hombres! Con cinco nada menos. Se escribió con ellos a través de una revista para aprender cómo tratar a los hombres. ¿Eso es ser frágil?

–Hum...

–Además, ha mentido a todos. Les dijo que era una profesora de jardín de infancia y que buscaba un romance.

–Bueno...

–¿Bueno, qué?

–Bueno, lo que no comprendo es por qué estás tan enfadado. A ti no te ha mentido.

–Claro que sí –se arrepintió de sus palabras al instante.

–Creo que empiezo a entenderlo.

–¿El qué? –preguntó Cade desde la puerta.

–¿Lo has conseguido? –dijo Belle.

–¿Crees que puedo fallarte, cariño? –sacó una bolsa de papel de debajo de la camisa–. ¿Qué es lo que hay que entender?

–Que Reese puso un anuncio en esa revista que me contaste y, ¿adivina quién contestó?

–¿Quién?

–Shea.

Cade se volvió hacia su amigo.

–Bromeas.

–Ojalá bromeara –masculló Reese.

–¿De veras pusiste un anuncio?

–Mira –dijo Reese–. No hay ninguna diferencia. El daño ya está hecho. Creía que Shea era de una manera y resulta que es de otra. Tuvimos una aventura. Eso es todo. Pensé que quizá podíamos llegar a algo más, pero ella lo estropeó todo. Y por mí, puede regresar a Austin. De hecho, sería lo mejor para mí teniendo en cuenta que he quedado como un idiota.

Cade miró a su esposa y arqueó una ceja.

–Pero sé que necesitáis que se quede para ayudar. No importa, no hace falta que trabaje a su lado. Buscaré la manera de hacerlo siempre y cuando no tenga que aguantar sus mentiras...

–¿Reese?

Miró a Belle, que parecía muy enfadada.

–Cariño, no tienes que disgustarte –dijo Cade–. Piensa que ahora traerán a Chance para que le des de comer...

–Eres un cobarde, Reese Barret.

–Belle...

–Ya me has oído. Desde que te conozco, siempre has encontrado una excusa para dejar a las mujeres con las que has salido. O te presionan demasiado, o son muy débiles, o son muy rácanas, o muy derrochadoras. Siempre son muy algo.

–¿Qué te había dicho? –dijo Cade–. Es demasiado escogido.

–Y demasiado cobarde para enfrentarse a la verdad.

–¿Y eso es, según tú?

–Que prefieres quedarte solo antes de arriesgarte a que te hagan daño. Arriesgarte a confiar en alguien que te quiere de la manera en que tú quieres que te quieran. Te cuesta confiar, Reese. Lo sé porque yo era igual que tú. Y estuve a punto de perder a Cade por mi orgullo –dejó a un lado las patatas que se estaba comiendo–. Lo irónico del asunto es que Shea es igual que tú. Se ha pasado toda la vida sola, pensando que ningún hombre podía quererla tal y como es. Así que trató de cambiar, empleando la única herramienta que tiene, el cerebro. Al menos, tuvo el valor de intentarlo.

–Tiene razón, socio.

Reese miró a sus amigos y no supo qué responder. Sabía que les importaba lo suficiente como para que le dijeran la verdad aunque no le gustara. ¿Tenían razón? ¿Había permitido que ganara el orgullo a pesar de que, en el fondo, sabía que Shea no tenía intención de hacerle daño?

–Puede ser –dijo en voz alta, y salió de la habitación.

Cuando se subió a la furgoneta, vio que había una carta en el asiento. La recogió y comenzó a leerla.

***

Shea aparcó el coche frente al motel y sacó su maleta. No podía quedarse en el rancho, pero tampoco había ido muy lejos. Más tarde, llamaría al hospital para hablar con Belle. Le había prometido a su amiga que ayudaría en el rancho, y pensaba cumplir la promesa. Pero a distancia. No podía soportar la idea de ver a Reese todos los días. Una cosa era tener el corazón roto y otra tener que verlo sabiendo que no podía besarlo ni tocarlo. ¿Por qué se había enamorado de él?

Cansada, cerró la puerta de la habitación, se tumbó en la cama y lloró hasta que se quedó dormida.

Despertó cuando llamaron a la puerta. Medio dormida, se levantó y abrió.

–¿Reese?

–¿Puedo pasar?

–Creo que no. Natalie no está.

–No quiero ver a Natalie –impidió que le cerrara la puerta–. No es mi tipo.

–¿Qué?

–He dicho que no es mi tipo. Ya no.

–Pero creí...

–Probablemente creíste que soy un auténtico cretino, pero hablaremos de eso más tarde. Ahora, quiero que leas esta carta –le entregó un sobre con el número 8059.

Ella negó con la cabeza.

–Entonces, te la leeré yo.

Querida Natalie:

Está será mi última carta. He disfrutado mucho carteándome contigo, pero creo que es justo que sepas que he conocido a alguien muy especial.

Quiero que lo sepas porque no creo que hubiera sucedido si tú no hubieses contestado mi anuncio. ¿Sabes?, me cuesta confiar en la gente. Sé que es culpa de la lucha personal que tengo por ser de descendencia cherokee, pero saberlo no me ha facilitado las cosas. Lo cierto es que nunca he confiado en una mujer desde que mi madre nos abandonó, a mí y a su marido cherokee, cuando yo tenía diez años. Pero tus cartas me han ayudado. Quizá porque sentí mucha conexión contigo desde el principio, o quizá porque compartir los sentimientos mediante una carta es menos arriesgado. Sea cual sea el motivo, tú has sido muy comprensiva y siempre te he considerado amiga.

La mujer que he conocido es como tú en muchos aspectos. Es sincera y cariñosa. También es un poco testaruda y he aprendido a respetarlo. Quizá lo que quiero decir es que no es lo que yo esperaba, pero significa mucho para mí. Es todo lo que quiero. Y sé que hay alguien igual de especial para ti. Cuando lo encuentres, por favor, dile de mi parte que es un hombre afortunado.

Reese dobló la carta y la guardó en el bolsillo.

–Yo la escribí, pero me había olvidado del contenido hasta hoy. Era un hombre afortunado. Ahora sólo quiero saber una cosa.

–¿El qué? –preguntó Shea mientras las lágrimas rodaban por sus mejillas.

–¿Puedes perdonarme? Si no puedes, lo entenderé, pero no esperes que abandone.

–¿Abandonar?

–Vamos, ojos bonitos. Sabes que puedo ser igual de cabezota que tú. Si me propongo que tienes que perdonarme, te perseguiré hasta que lo hagas.

–Pero yo...

–Por favor, Shea, deja que te ame.

–Oh, Reese –lo abrazó–. No hay nada que perdonar. Quiero amarte y que me ames.

–No puedo creerlo. Después de todo este tiempo, estamos de acuerdo en algo.

Shea sonrió.

–No te acostumbres, vaquero.

Epílogo

Seis meses más tarde

Shea y Belle estaban con el pequeño Chance bajo la sombra de un árbol. Se celebraba el bautizo del pequeño y la fiesta estaba siendo un éxito.

–¿Puedo sostener a Chance? –preguntó Shea.

–Por supuesto, no tienes ni que preguntármelo. Para eso eres su madrina.

Shea agarró al bebé y lo abrazó.

–Ha crecido mucho.

–Lo sé –Belle acarició el cabello de su hijo–. A veces, cuando lo miro y veo lo grande que está me cuesta recordar que cuando nació era tan pequeño y débil.

–Pero ahora está muy sano –Shea le hizo cosquillas en la tripa–. ¿A que sí, cariño? Y eres muy bueno.

–Qué buena foto.

Al levantar la vista, las mujeres vieron que sus maridos se acercaban en compañía de Devlin O'Brian.

–Sí, señor –dijo Devlin–. Las dos mujeres más bellas del condado y el niño más guapo. Os diré que lo habéis hecho muy bien, chicos.

–Es lo mejor que he hecho en mi vida –dijo Reese, y rodeó a Shea por la cintura.

Ella sonrió y él sintió que se le aceleraba el corazón. Con el bebé en brazos, estaba preciosa. Y la escena sería mucho más bonita si la criatura fuera de ellos.

–Te queda muy bien el bebé –dijo Dev, mientras Cade tomaba en brazos a Chance.

–Gracias –contestó ella.

–Me alegro de que hayas venido al bautizo, Dev –dijo Belle.

–No me lo podía perder. Es una pena que no haya venido el resto del grupo.

–No sabemos nada de Logan Walker –comentó Belle–. Cade dice que probablemente tenga mucho trabajo y que ni siquiera haya abierto el correo, ni escuchado el contestador.

–Típico de Logan –Dev sonrió a Chance.

–¿A que sí? –dijo Cade–. Sloane llamó. Dentro de unos meses viene de Sudamérica, así que ahora no podía tomarse días libres.

–Aparecerán cuando menos te lo esperes –Dev le mostró el dedo al bebé y éste lo agarró para metérselo en la boca–. Eso es, pequeño, persigue lo que quieres.

–No lo animes. Ya se parece demasiado a Cade.

–A Cade no parece haberle ido mal. Terminó contigo, ¿no es así?

–Eres incorregible, Devlin O'Brian –dijo Belle.

–Eso dicen. Sabéis, vosotros dos sois chicos afortunados. Pero he de deciros que tantas bodas y bautizos me están poniendo nervioso.

Cade se rió.

–Te hace sentir incómodo, ¿eh?

–Sí. Creo que voy a irme a correr una aventura antes de que venga otra amiga de Belle.

–Ten cuidado –le advirtió Belle–. Puede que huyas tan deprisa, que acaben pillándote.

–Siempre tengo cuidado –les guiñó el ojo y se dirigió hacia donde estaba una mujer alta y rubia.

Reese y Cade miraron a sus mujeres, dejando claro que no envidiaban para nada a su amigo soltero.

Chance comenzó a frotarse los ojos.

–Es la hora de la siesta, jovencito –dijo su madre.

–Hasta luego –dijo Cade, y besó a su hijo en la mejilla–. Será mejor que nos relacionemos con los demás –les dijo a Reese y a Shea.

–Si no te importa, Cade, creo que me voy a ir –dijo Shea.

–¿Estás bien? –preguntó Reese.

–Sí. Sólo un poco cansada.

–No me extraña –dijo Cade–. Has trabajado casi tanto como Belle para preparar la fiesta. Así que, marchaos.

Se despidieron y se dirigieron a su casa.

–Una siesta te sentará bien –dijo Reese–. Estás un poco pálida. Habéis trabajado demasiado para la fiesta.

–No, preparar la fiesta fue divertido. Pero he de confesarte una cosa.

–¡Uy! ¿Sólo llevamos casados cinco meses y ya tienes que confesarme algo? Algún bribón te ha robado el corazón. ¿Cómo se llama? Lo retaré a un duelo.

–Chance McBride, pero eso no es lo que quiero confesarte. Sólo he dicho que estaba cansada para estar a solas contigo.

–Has leído mi pensamiento –la besó.

–Humm, vamos a la casa nueva.

Quince minutos más tarde, Reese aparcó el coche frente a la casa que estaban construyéndose en el terreno que Belle y Cade les habían vendido. Habían pasado tres meses preparando los planos y, desde el día de su boda, habían ido todos los días para ver cómo su sueño se convertía en realidad.

Nada más entrar, Shea sacó unas muestras de tela y preguntó:

–¿Qué te parecen?

Reese la rodeó por la cintura.

–Creo que eres la mujer más guapa e inteligente que conozco.

–Me halaga oírlo, pero...

–¿Me olvidé de decir sexy? –le mordisqueó la oreja–. ¿Y deliciosa?

–Eso no es de lo que estoy hablando...

–Hablar no es lo que tengo en mente.

Shea suspiró.

–Oh, bueno... –él ya le estaba desabrochando la blusa–. No sigas –se volvió y lo sujetó por los hombros–. Con unos besos más me olvidaré de cómo me llamo y de qué quería decirte. Es importante.

–Nada puede ser más importante que besarte.

Ella dio un paso atrás.

–No hasta que me des tu opinión.

–Creía que ya te la había dado. Bella, inteligente y...

–Sobre las telas –señaló las muestras.

–¿Para qué son?

–Estoy tratando de elegir el color de nuestra habitación y quiero saber tu opinión.

Reese negó con la cabeza.

–Pero si han empezado a construir hace dos días. Creo que tenemos mucho tiempo para elegir.

–Te equivocas, vaquero. Encargar la tela, las cortinas y la ropa de cama lleva semanas, e incluso meses.

–Decide tú.

–No. Esto lo estamos haciendo juntos, ¿recuerdas?

–Además quiero tu... –se calló cuando él la abrazó.

–Ojos bonitos, no me importa cómo sea nuestra habitación, siempre y cuando tenga una cama grande y estemos dentro de ella –la besó en el cuello.

–¿Y el resto de la casa?

–Lo mismo. Una cama en cada habitación.

–¿Incluso en la habitación del niño?

Reese la miró a los ojos.

–¿Niño?

–Hemos hablado de tener hijos.

–Sí. Y dijimos que dentro de un año.

–¿Todavía piensas así?

–¿Te disgustaría si cambiara de opinión?

–¿Qué quieres decir?

–Al verte con Chance en los brazos, deseé tener uno, Shea –cerró los ojos–. Tanto, que me duele el corazón. ¿Te disgustaría si te pidiera un hijo antes de lo planeado? –al abrir los ojos vio que ella estaba llorando.

–¿Cuándo?

Él sonrió.

–Podríamos empezar hoy mismo. Construir una familia al mismo tiempo que construimos nuestra casa.

Shea se puso de puntillas y le rodeó el cuello.

–Llegas tarde... Papá.

–¿Papá? ¿Quieres decir que...?

–Casi seguro que sí.

–¿Cuándo?

–Dentro de ocho meses.

Reese la tomó en brazos y dio una vuelta de felicidad. Estaba completamente enamorado de aquella mujer de ojos bonitos que, en un principio, había puesto su vida patas arriba para estabilizarla después. Y con un hijo, su vida estaría completa. Había estado solo demasiado tiempo, un lobo solitario resignado a tener una vida solitaria. Sin embargo, el lobo solitario había encontrado pareja.